新 潮 文 庫

役員室午後三時

城山三郎著

新 潮 社 版

2232

役員室午後三時

第一章

ベンツは、並木道の緑を押し分けて走った。

両側には、樹齢八十年の銀杏《いちょう》の並木が続いている。このため、幅五メートルほどの道は、木蔭《こかげ》というより、緑の水路の感じがあった。走っていると、青い水音が聞えてきそうであった。秋にはこれが黄金色に光る道になる。

助手席に居た企画室長の矢吹が、ルーム・ミラーで藤堂《とうどう》を見て言った。

「ずいぶんりっぱな並木道になりましたね」

「八十年も経《た》つと、木にも風格が出てくるね」

社長の藤堂は、鷹揚《おうよう》にうなずいた。

風格のついたのは、もちろん、木だけではない。企業にも、企業者にも、にじみ出てくる。華王紡績は、日本最古の、そして最大の紡績会社であった。

戦前には、満州、中国はじめ海外各地に積極的に進出。生産の七割が外地工場といわれるほどであったが、それでも、内地に在る工場だけでも、二十八。一生の中《うち》に、全部の国内工場を見たことのない重役も居る始末であった。最盛期の従業員数、十四万二千。

それだけの企業である。企業にも、企業者にも、色濃い風格があって、当然であった。

ベンツの中に居る藤堂社長には、生れながらの王者の風格があった。厚く広い胸をした堂々たる恰幅《かっぷく》、やさしいが重厚な風貌《ふうぼう》、落着きのある挙措。各国の元首の中でも、藤堂ほどの風格のある人は少ない。

王者は、ベンツの中で、ふっと幼い日のことを思い出した。

あれは、藤堂が四歳か五歳のころだったろうか。

何かのきっかけから、当時、社長をしていた父の藤堂幸有を、この工場に訪ねた。風のある、秋の日のことであった。帰りは、父のフォードで送ってもらったのだが、その車の前へ、そして屋根へ、音をたてて、銀杏の実が落ちた。

折から退勤時で、近くの寮や社宅から出てきた家族たちといっしょに、従業員たちが風に巻かれながら、実を拾っていた。生物《いきもの》でも追っているように、たのしそうであった。

藤堂は、自分も拾ってみたくなった。

フォードをとめさせ、路面に下りた。四つ五つ拾い、手の中に持ちきれなくなり、かぶっていた帽子を脱いで、その中へ入れた。

そのとき藤堂は、誰《だれ》かに見られている気がして、顔を上げた。

従業員やその家族たちが、拾うのをやめ、遠巻きに藤堂を見つめていた。

「社長のお坊ちゃまだ」

ささやき声が聞えた次の瞬間にその人々が路面に崩れると、あっけにとられている藤堂の帽子の中へ、何人もの手が銀杏《ぎんなん》を注ぎこみ、たちまち帽子に溢《あふ》れた。

藤堂としては、有難《ありがた》くなかった。藤堂がしたいのは、銀杏を拾い集めるという作業であり、銀杏そのものが欲しいのではなかった。路面にぶちまけて、はじめから拾い直したかった。顔をしかめたいところだが、藤堂は逆に笑顔になり、ぴょこんと軽く頭を下げた。

社長の令息ぶらず、いかにも子供らしいと、従業員たちはほっとした様子であったが、実際は、子供らしくない仕種《しぐさ》であった。

藤堂は、父の幸有に食事のときなど、くり返し言い聞かされていた。

「従業員は家族だ。うちには、一万人の家族が居ると思うのだ」

などと。邸《やしき》の女中たちにも、用をたのんだ後、必ず「ありがとう」と言わされた。

それは、幸有の主義であり、躾《しつけ》であり、幸有なりの帝王学でもあった。このため藤堂は、いつも従業員という「家族」を意識する子供らしくない子供であった。

幸有がどこまでヒューマニストであり、どこまで経営者としてリアリストであったかは、わからない。

紡績は何より人手をくう産業である。日本の紡績は、安く豊かな女子労働力を徹底的に酷使することで発展してきた。

大正半ば、幸有は日本の進歩的な資本家代表として、第一回の国際労働会議に出席した。その席上、各国代表から、日本で行われている夜の十時から朝の五時までの女子の深夜労働を禁止せよという要求を突きつけられて、幸有は狼狽《ろうばい》する。

当時、日本に三百万錘《すい》の紡績設備があったが、女子の深夜業を禁止されると、百万錘の生産をとめられたのと同じ結果になる。損害はこれこれだと、数字を上げて、けんめいに防戦した。幸有にとって、「一万人の家族」に深夜労働をやめられては、一大事であったのである――。

ベンツは、緑の水路を掻《か》き分けて進んだ。水路の彼方《かなた》に、工場の赤煉瓦《あかれんが》が見えてくる。

銀杏は、仕事への往復がたのしい道になるようにと、父の幸有が植えさせたものであった。幸有の意向通り、これまでも、そして、これからも、どれほど多くの人が、この道をたのしんで歩くことであろうか。

男の残すのは、つまり、こういうものでなくてはならぬと、藤堂はあらためて思った。

ただ、この銀杏並木づきの工場も、今年実のなるときには、もはや華王紡のものではない。不採算工場として閉鎖、近く売却することになっているからである。それは、ようやく効果を奏しはじめた再建整備計画の最後の仕上げとして行われるはずであった。

その川崎工場は、創業時の工場。各地に工場ができてからも、本社機構は昭和のはじめまで、そこに置かれていた。華王紡の聖地であり、統合の中心でもあるような工場。その記念すべき工場を売るということには、世間の眼《め》もあり、かなりの勇気が必要である。

現地に来て、いざ銀杏の並木道を走ってみると、藤堂にはいっそうその感じが強まった。

川崎工場を手放すことは、華王紡が華王紡でなくなることではないのか。少なくとも、父幸有の息のかかった会社でなくなってしまうのではないか。

過去を清算し、心機一転、多角的なダイヤモンド経営にのり出す。採算上の問題としてだけでなく、その決意のしるしとして売却をきめたのに、きめた自分が足もとからさらわれ、見知らぬ空へ投げ出されてしまいそうな不吉な予感がした。

「社長」

並木道を見ながら黙りこんだ藤堂に、矢吹が低い声をかけた。

二人は眼を見合せた。

「ぼくの考えていることがわかるのかね」

「推測できる気がします」

藤堂は、うなずいた。

この男には、自分の気持がわかる。わかってくれている。だが、弱音まで読みとられては困る。

藤堂は、ひとつ咳払《せきばら》いしてから言った。

「記念碑とか記念物とかは、心の中にだけ在ればいい。そうだな、矢吹君。経営はセンチメンタルになっては、いかんのだ」

矢吹は、はい、と答えたが、心の中では、当の藤堂も、いくらかセンチメンタルになっていると思った。

いつもは本社工場である厚木で開く役員会を、今回だけその川崎工場でやるときめたのには、重役たちの気分をひきしめる狙《ねら》いがあり、同時に、幸有社長以来の華王紡の歴史を回想させ、藤堂の権威を再確認させるふくみがあった。それらの狙いが、若い矢吹にしてみれば、つまり感傷であり、感傷といって悪ければ、気分のなせるわざであった――。

社長の腹心といわれ、股肱《ここう》といわれながら、矢吹は最近では、何彼《なにか》につけて、社長を批判的に見ているのに気づく。社長との蜜月《みつげつ》の時代は去った。

だが、藤堂社長は、そのことに気づいてはいない。矢吹に対してだけは、不用意なほど心を開く。開いて見せる。

〈きみは腹心だから、特別だ〉

と、言わんばかりにして。そうすることで矢吹に恩義を感じさせ、藤堂にしばりつけようとしている。

それに対して矢吹は、当分は「腹心」の仮面をまとい続けて行こうと思う。それが、自分にとっても、会社にとっても、利益である限りは……。

ベンツは、並木道ごと工場の門にのみこまれて行った。

守衛がとび上るようにして敬礼する。藤堂は、軽く目礼を返した。

銀杏並木は、構内へ入っても、なお続いていた。かつては本館と呼ばれた工場事務所に向け、ベンツはスピードを落した。

まだ操業を続けてはいるが、構内は静かであった。人影も見ない。藤堂は物足りなさを感じた。

二十年ほども前であろうか。終戦後の苦境から華王紡がようやく立ち直ったとき、藤堂は全国の工場行脚《あんぎや》を思い立ち、その第一歩として、この川崎工場に来た。

門から本館までの道の両側に、女工たちが人垣《ひとがき》をつくって待ち受けていて、藤堂を見ると、いっせいに歓声を上げ、握手を求めて手をさし出してきた。

藤堂はスターとしても十分通用する風采《ふうさい》であったが、同時に、華王紡を立て直し、温情主義経営を復活した実力者である。女工たちにとっては、スター以上のスターであり、女工たちは藤堂の手を奪い合った。

藤堂は、もみくちゃになりながら、握手にこたえた。右手だけでは間に合わず、両手で次々と少女たちのやわらかな手をにぎり、また、にぎりしめられた。

歓声の中で何十回握手したことであろう。しばらくは手がしびれて、ペンがとれないほどであった。

藤堂は、恍惚《こうこつ》と満足を感じた。それは、スターの恍惚よりも、はるかに実のあるものであった。ただの経営者の満足感よりも、もっと激しいものであった。がっちり組んだ巨大な人間集団の首長、血縁につながる古代の長だけが感ずることのできた恍惚と満足ともいえた。自分以外の誰がこの倖《しあわ》せを手にすることができるだろうと、藤堂は心誇らかに思った。

そのとき女工たちが立ち並んでいたあたりには、いまは雑草が生い茂っていた。この不況時に女工たちを整列させれば、藤堂は工場長を叱《しか》りつけたであろうが、それにしても、物足りぬ気持に変りはなかった。

藤堂は、工場長の岩本が専務の島派であることを思い出した。島を委員長とする再建整備委員会の委員でもある。工場長としては、自分の工場の閉鎖に反対するものなのに、進んで閉鎖をきめた男でもある。

ベンツがとまると同時に、赤煉瓦の本館からは、当の岩本工場長が走り出てきた。

「みなさん、揃《そろ》われたかね」

藤堂は、いつものように丁寧な口調で訊《き》いた。

「いえ、三河絹糸の相原社長が……」

藤堂は、形の良い眉《まゆ》をくもらせた。

「相原君がまだ来ていない？」

「急な御用で、お見えになれないそうで」

「おかしいな」

声はおだやかだが、藤堂の手は拳《こぶし》をにぎりしめていた。

相原は、以前、華王紡績の重役の一人で、三河絹糸に移り、最近、社長になった男である。

華王紡と三河絹糸とは株を持ち合い、華王紡からは、他《ほか》に重役・技師を派遣、技術を公開して援助してやっている。

ただし、藤堂に心外なのは、三河絹糸に出向した男たちが、申し合せたように三河絹糸の中へ埋没し、華王紡をふり向こうとしなくなったことである。藤堂は、相原を呼び寄せ、業績報告に合わせて釈明を聞くつもりでいた。

その相原が現われない。不参は、新たな挑戦《ちょうせん》でもあった。

藤堂の豊かな頰《ほお》に、血の色がさした。

藤堂は無言で歩き出したが、二、三歩進んで立ち止った。夏の木漏《こも》れ日に照らされた本館の煉瓦壁の色の鮮やかさが、藤堂の足をとらえた。

煉瓦の壁は、ほの明るい臙脂色《えんじいろ》で、まだ昨日、窯《かま》から出たばかりのように、つややかであった。その煉瓦は、八十余年前、ひとつひとつパラフィン紙に包んだ上、イギリスから船で運んできたものといわれる。

この工場の建設された明治十九年当時、日本の紡績設備は、わずか八万錘。工場の多くが、「二千錘紡績」と呼ばれる小規模なものばかりで、官営模範工場として政府が育成している工場においてさえ、そうであった。

そこへ、三万錘の設備を持つこの工場が誕生した。

華王紡関係者はもとより、肩入れした政府や銀行の当局者も、内心、うまく行くかどうか案じながら開業を迎えた。

無責任によろこんだのは、大衆であった。陸蒸気《おかじようき》以来の西洋文明の到来だというので、東京・横浜などからの見物人がひきもきらず、「入場料を払うから見せろ」とさわぐ人々もあって、工場側はその応接に困惑した。

いざ操業をはじめると、果して工場は大きすぎて、うまく行かなかった。生産そのものがなかなか軌道にのらず、市場調査などやっていなかったため、できればできたで、買手がない。

赤字につぐ赤字となり、会社は解散一歩前に追いやられたが、その危機を救ったのが、藤堂の父幸有であった――。

煉瓦壁は、そうした思い出をたっぷり吸いこんでいる。そこには、一華王紡の夢だけでなく、日本の綿業、日本の資本主義の夢が眠っているともいえた。

華王紡に余力があるなら、そっくりそのまま巨大なドームに入れて、日本資本主義博物館として残しておきたい建物であった。

工場の買手は、歴史にも伝統にも全然無関心な戦後派の流通業者で、ここを壊して一大ショッピング・センターをつくるという。無残である。その無残さが、ふたたび藤堂の胸をとらえた。

工場閉鎖は、藤堂としては本意ではなかった。

度々《たびたび》操短こそしたが、藤堂が社長となって以来、増設や拡張続き。ただの一度も企業規模を縮小することはなかった。温情主義の王国を、自らの手でせばめる気にはならなかった。

このため、今度の不況対策も、島専務に任せて進めさせた。島は、岩本や矢吹らを集めて再建整備委員会をつくり、四大工場の閉鎖・休止、従業員一割、部課長一割五分、役員二割の賃金カットを骨子とした再建案をつくり、役員会にかけた。

藤堂としては、たとえ不採算工場とはいえ、整理には不乗気であったが、人員整理を伴わず、しかも次に来る拡大計画のための地固めになるということから、最終的に了承した。藤堂が「ダイヤモンド計画」と名づけた非繊維部門をふくめた多角経営への進出、その光り輝く発展図のための布石として、今回は眼をつむろう。

「どうかされましたか」

企画室長の矢吹が、背後から言った。藤堂は、また心を読まれたと思った。だが、不愉快ではなかった。むしろ、そういう心の中の理解者が居るから、救われるとも思った。

藤堂は、矢吹の声に促されるようにして歩き出した。

いまでは映画のセットでしか見られないような廻《まわ》り階段を上る。何十年も油を吸ったリノリュームが、光苔《ひかりごけ》のように渋く光っている。

父の幸有の靴音《くつおと》が、すぐ先から聞えてきそうで、藤堂は耳をすましたくなった。

銀杏《いちょう》並木からはじまり、工場全体に思い出がこもっている。ここを売るのは、藤堂にしてみれば、手や足を切る思いがする。血を売る思いがする。

その思いが、他の重役にはない。だから、乱暴なほどの整理案をつくることができる。

もっとも藤堂は、いわゆる二代目社長ではなく、オーナー社長でもない。

華王紡は個人企業どころか、戦前の日本では、五指の中に入る大企業であり、藤堂家の保有株数は五パーセント足らずでしかなかった。

藤堂の父は、たのまれて二代目の社長をつとめ、藤堂自身は、戦後、会社の首脳部が追放されたため浮び上って、たまたま五代目の社長になったというのにすぎない。

その点では、サラリーマン社長とたいして異ならないのだが、ただ意識において藤堂は、強烈に会社と一心同体になっていた。

他の会社の役員を兼ねることもない。ゴルフもやらず、夜のつき合いも、ほとんどない。わき目もふらず、社長業ととり組んだ。財界へ出れば、十分にタレントとして通用するのに、会社の外へは絶えて顔を向けなかった。

藤堂にしてみれば、自分ほど会社に打ちこんでいる人間が、他に居るとは思えなかった。そして、そこから生れた権威こそ本物であり、藤堂は、ときには容赦なく重役たちのクビを切り、経営も人事も自信を以《もっ》て行なってきた。

役員会は、定刻三時きっかりにはじまった。

議題のひとつは、三友銀行からの役員派遣の申し越しの件。

これまで華王紡は、各社に役員を送ってきた。役員は、送り出すものであった。外部から力ずくで役員を押しこまれるなどということは、一度としてなかった。

答えは「反対」とわかっていたが、藤堂は一応、全員にはかった。

「それでは、ことわることにします」

藤堂が言ってから、島専務が補足するようにつぶやいた。

「ただ、銀行の心証を悪くすることになりますね。その結果、融資へのはね返りがどうなるでしょう」

「それは、みなさん覚悟の上でしょう」藤堂は、すぐひきとった。「それに、何も三友銀行だけが、銀行ではない。新しい銀行を使えばよろしい」

小学生のような簡単な答えであった。それが容易でないことぐらい、重役たちにはわかっているのだが、誰《だれ》も発言しようとはしなかった。

藤堂がそう思っているなら、それでいいではないか。他の銀行工作がひょっとしてうまく行くかも知れぬし、だめなら、それはそのときのこと。その場合にも、この華王紡の屋台骨が傾くようなことにはなるまい。

重役たちは、現実の問題として、銀行から彼等《かれら》の競争者なり、上席の役員を迎えたくはなかった。永い間、銀行や商社を顎《あご》ひとつで使ってきた大会社の重役として、いまいましい気分だけは、藤堂と同様であった。

「この問題について、矢吹君たちの意見はどうです」

副社長の大牟田《おおむた》が、思いついたように言った。一部長の意見を気にするとは異例のことだが、華王紡の役員会では、それがもはや異例ではなくなっていた。

「矢吹君も受入れ反対です」

藤堂社長はゆっくり答え、続けて、矢吹の意見を伝えるように言った。

「銀行の人には、事業のことはわからない。綿紡《めんぼう》は午後三時の産業だなどと、概念的に言うだけですからね。同じ綿製品商売でも、先進国相手と後進国相手では、事情がちがう。品質にしても、企業の体質にしても、まちまちで、午後三時どころか午後十一時のものもあれば、午前八時のものもある。その辺のことが、いくら説明しても、のみこんでもらえないのだから」

議題の第二は、三河絹糸対策であった。

だが、かんじんの三河絹糸の相原社長が不参なので、話は一向にはずまなかった。

大牟田副社長が、関連会社担当でもある関係から、三河絹糸からは徐々に手を引く方がいいと短く言っただけ。藤堂が、それを黙殺したため、重役たちは押し黙って、それ以上の発言をさし控えた。

三河絹糸は、絹糸とは名のみで、実態は、綿紡とスフ紡である。設備がいいが、事業内容としては、華王紡と重複する。繊維部門を整備し、非繊維部門を拡充するという再建計画の趣旨からすれば、三河絹糸への深入りは、逆コースであった。

だが、藤堂は三河絹糸の事業の質の高さを買い、三河絹糸と組むことが、華王紡の繊維部門の体質強化になるという主張であった。

そこには藤堂の拡大衝動があり、さらに、出向させた重役たちが華王紡に背を向けたことに対する憤怒《ふんぬ》もあった。藤堂にしてみれば、それは許し難《がた》いことであった。さらに、相原社長の不参があったため、藤堂としては、いっそう許せない気になってい た。

そうした藤堂の気持がわかっていればこそ、役員会では、それ以上藤堂を刺戟《しげき》する声は出なかった。

いや、その日に限らず、役員会では、藤堂の意見がはっきりしているものについて、議論が白熱するということはなかった。

藤堂の意見に反対したため追い出された重役の数は、何人、何十人に及んだであろうか。会社が大過なく動いて行く以上、藤堂に対しての余計な発言は慎むという形であった。

相原の不参のため、役員会は藤堂にしてみれば、不本意に早く終った。

その上、藤堂は、もうひとつ裏切られる思いを持つことになった。

役員会の後、藤堂は川崎工場の組合三役と会談するつもりでいたが、その席へ行ってみると、矢吹と、川崎工場労務課長の内田の二人だけが待っていた。

「急に中央執行委員会が開かれ、三役そろって、そちらへ出かけてしまいましたので」

内田が形だけは恐縮し、しかし、趣旨としては当然のことのように言った。

(中央執行委員会？　それが、そんなに大事なものなのか。社長との約束をすっぽかしてでも出かける性質のものなのか)

藤堂は、そうたたみかけたいのをこらえ、ふたたび拳をにぎりしめた。

もちろん、藤堂としては、組合三役に対し、はっきりした用件があって会おうとしたのではない。「ついでだから、ちょっと会ってみよう」と言っただけである。

だが、社長の藤堂にそう言われれば、組合三役は何をすてても、よろこんで応じていいはずではないか。それを、三人揃って顔を見せないとは。

心外であった。その不参を当然のことのように報告してくる矢吹や内田にも、腹が立った。

藤堂は、とがめるように言った。

「矢吹君、ここは君の居たところだ。組合の執行部は、きみの言うことをよく聞くはずじゃなかったかね」

矢吹は、広い額に軽く手をあげた。

「しかし、時代が変りまして」

時代が変りまして――何という調子のいい言葉であろう。それで、すべての責任を免《まぬか》れる切札でもあるかのようだ。

少なくとも、矢吹が口にすべき言葉ではない。

「時代は変るものじゃなくて、変えるものなんだよ」

藤堂は、たしなめるように言って、あらためて矢吹を見た。

矢吹の顔は、白くふっくらとし、額は広く、眼鏡をかけ、優男の才子といった感じだが、体つきは肩の肉が盛り上ったがっちりした筋肉質。昔なら、馬方か土方にしたい感じであった。顔と体がちぐはぐである。

藤堂は、この矢吹を、五年前の正月、社長室に呼びつけたときの印象が忘れられない。

華王紡では、毎年年頭に、役付者は社長への年賀状に会社運営についての意見なり抱負なりを記すことになっている。ありきたりの年頭の挨拶《あいさつ》では、読む藤堂としても時間のロスになるばかりである。それより、少しでもコミュニケイションに役立ち、かつ、一人一人に経営者意識を持たせるというねらいから、藤堂が社長就任以来やらせているしきたりであった。

ただ、年数が経《た》つにつれて、それもしだいに形骸化《けいがいか》し、年賀状の端に当りさわりのないコメントを書きつけてくるのが多いのだが、五年前の正月、藤堂は年賀状の束の中に、切手三枚を貼《は》った部厚い封書を見つけ、おどろき、かつ、よろこんだ。

差出人は、前年、川崎工場の労務係長にしたばかりの男であった。

内容を読んで、藤堂はさらに感心した。あきらかに勉強のあとが見え、しかも、現場の空気をしっかり踏まえた不況対策案が、綿密に展開されていたためである。それは意見というより、建白書であった。

ただのサラリーマンではない。会社を本気になって考えている、やる気のある男が感じられた。自分が若かったら、当然あるべき姿の男に思えた。

藤堂は、その係長を呼び出してみた。

シャープな理論家肌《はだ》の男か、それとも、精悍《せいかん》なスポーツマンタイプの男を、藤堂は想像した。

だが、目の前に現われた男は、そのいずれでもなかった。いや、そのいずれのようでもあり、よくつかめない。才子であり、働き者であるというだけでなく、何かそれをはみ出しただぶだぶした感じの男である。

そのつかめぬままの男が、藤堂の質問に答えて、経営についての意見を理路整然と述べ立てた。話し方は雄弁というより、むしろ吶々《とつとつ》としていたが、話の内容が奔《ほとばし》るというのか、噴出する勢いを感じさせた。

提案そのものは、とくに奇抜でも新しいものでもない。むしろ経営の原則論から出てきたものだが、その原則論を社長に向って、悪びれもてらいもせず述べ立てるということに、藤堂はこの男のなみなみならぬ自信と、会社への愛情の深さを感じとった。ただの使用人や従業員の発想ではない。

伸びる男だと思った。伸ばしてやらなくてはならぬし、同時に、こうした男によって会社も伸びる。

藤堂は、矢吹のために本社に企画室をつくり、矢吹を側《そば》に置いた。そして、二年後には、部長格の企画室長とした。藤堂だからできる抜擢《ばってき》であった。

果して矢吹は、藤堂のもうひとつの頭脳となった。眠ったような役員会でのやりとりとはちがい、二人の間には、いつも実のある応酬があった。二人の間で華王紡の経営が建設されて行く感じがあった。

藤堂が矢吹を買ったのには、もうひとつ、矢吹が組合をしっかりつかんでいるという理由があった。

華王紡でのエリートコースは、労務畑とされ、矢吹も労務畑を歩んできた男だが、それだけでなく、矢吹はかつて組合中央の執行部に居《お》り、実質的に委員長同然の働きをし、いまの組合幹部にも、矢吹の息のかかっている者が多い。

論理だけでなく、地に根を下ろした力がある。その矢吹を身近に置くことで、組合との距離を太く短くちぢめ組合をしっかりつかむことができる。その意味で、矢吹の登用は一石二鳥にも三鳥にもなる人事の妙だと、藤堂自身ひそかに自画自讃《じさん》する思いもあった。大社長といわれる自分だからこそ、やってのけられた人事だと。

世の中には、どうしても登用しなければならぬ男というものが居る。登用することで登用した本人まで肥《ふと》らせる男が居る。そうした男を発見し、思いきって起用することこそ経営者の仕事なのだが、現実の多くの経営者はそれができず、男を枯らせ、自分も痩《や》せてしまう。

それというのも、経営者に勇気がなく、自信がなく、権威がないからだ。

矢吹は、藤堂の抜擢にこたえた。

矢吹の初仕事は、蚕糸部門の慢性的赤字をどうするかという問題で、藤堂は矢吹に調査と起案を命じた。

再三の経費節減にもかかわらず、累積赤字《るいせき》はふえるばかりで、華王紡の命とりになりかねない形勢に在った。

しかし蚕糸部門の組合はとくに強くて、荒療治を受け入れない。それに、絹は天然繊維の王者であり、藤堂自身も蚕糸部門に強い愛着を持っていた。このため、迷うばかりで、確乎《かっこ》とした処置を講じかねていた。

藤堂のその迷いを、矢吹は原則論で打ちこわした。

一月ほど後、矢吹は堂々たる回答を出した。

矢吹はまずグラフを使いながら、生糸《きいと》業界全般の分析を行なった。生産状況・市場動向など詳細な説明の後、将来の見とおしを述べ、対策として、蚕糸部門を別会社として切り離すべきだとし、その根拠、さらに、その別会社の収支見とおしに至るまで、数字を上げて事細かに報告した。机上の作文だけでなく、すでに分離に成功した他社工場にも出かけ、あらゆる角度から吟味を試みたものであった。

あまりにも周到で完璧《かんぺき》な報告なので、質問する余地もなかった。そのかげに、どれほど精力的な勉強があったか、藤堂にも想像できた。

藤堂は、危うく圧倒されるところであった。

「問題を経営の原則論から見直しますと、以上のようなことになります。この上は、冷酷といわれようと、合理的な再建整理をはかる他《ほか》ないと考えます」

矢吹は、そういって報告を結んだ。藤堂が経営の原則をなおざりにしてきたといわんばかりであった。

その言葉に、藤堂は反撥《はんぱつ》した。

「それほどにいうなら、きみが全部やってみますか」

半ば矢吹をためすつもりで言った。

全部とは、まずその案を社内の結論とし、次に組合に提示し、というところからはじまって、子会社を実際に発足させるまでの一大事業のすべてである。企画室長の任務ではないし、また一介の企画室長にその能力があると思えない。

計画は失敗し、この男をつぶすことになるかも知れない。だが、それでつぶれるなら、つぶしてもいいと、藤堂は思った。

「やります。必ずやり抜いて見せます」

矢吹は意外にも、とびつくようにして、藤堂の挑戦《ちょうせん》を受けた。

「もし、できなかったら、どうする」

「そのときは、責任をとって退社します」

調子のいいことを言うと思った。

だが、矢吹は本当に辞表を書いて、藤堂のところへ預けにきた。それまで接した何千人もの社員の中で、事前に辞表を預けにきた社員は居なかった。

藤堂は、矢吹に、捨て身になれる男を見た。

矢吹は、半年がかりで、この難かしい課題をやりとげた。

その期間の半ば近く、矢吹は蚕糸部門のある上諏訪《かみすわ》にとまりこみ、組合の説得にあたった。説得されたのは組合だけでなく、藤堂もまた矢吹の執拗《しつよう》な攻勢に負けて、会社の秘密の経営数字の組合側への発表を許した。「華王紡は運命共同体」という矢吹の言葉をはじめてきいたのは、そのときであった。

矢吹の二つ目の大仕事は、華王紡の全社的な再建整備であった。これは、矢吹の藤堂あての建白書を核としたもので、調査立案に矢吹が当り、実施については、一応、島専務を委員長とする社をあげての体制がとられたが、中核になって動いたのは、もちろん矢吹であった。

この再建整備案も、プランとしてはりっぱだが、現実には、工場の閉鎖・従業員の賃金カットなど、組合の抵抗が予想される難問ばかりであった。それを、矢吹が積極的に組合の説得工作につとめ、丹念に根廻《ねまわ》しして、組合の協力をとりつけた。

組合に対しそれほど力のある矢吹のことである。組合の三役といわず、誰《だれ》か一人ぐらいに中央執行委員会を休ませることぐらい、やってやれぬことはなかったであろう。ということは、矢吹にやる気がなかった、社長と組合とを積極的につなごうという気がなかったことになる。

そう思うと、藤堂は不愉快であり、また不安な気もした。

矢吹が組合をつかんでいることは、たしかである。だが、だからといって、組合が社長につながるわけではない。そこに矢吹という男が介在する。矢吹の意志しだいで、組合は矢吹の向うに隠れる。その盛り上った肩は、三万人の組合員を隠してしまう。あるいは矢吹が、三万の組合員を率いて、藤堂に立ち向うことも可能性としてはあり得る。

藤堂には、矢吹について、別の不安もある。

藤堂は矢吹に破格の登用をしてやったが、それは、すべて藤堂の意志によるものではない。島専務の強力な推薦もあった。島はかつて、矢吹が新入社員として配属された今治《いまばり》工場の工場長であり、その当時から、矢吹に注目していたという。一方、矢吹も、本社へ来ると、いつも島の許《もと》へ顔出ししていたようであった。

もっとも矢吹が島と組んで何かをたくらむということは考えられない。労働協約により組合員の馘首《かくしゅ》ということはほとんどなかったが、役職者や役員の首のすげかえは簡単に行われ、藤堂の威令が行き届いていた。いまの役職者も役員も、すべて藤堂に忠実な連中ばかりであり、藤堂の思いのままにならぬのは、組合だけなのだ。

窓のすぐ外で、蟬《せみ》が鳴き出した。

内田が額の汗をぬぐって言った。

「夏になると、都市対抗を思い出します」

「そういえば、きみは準優勝の年のキャプテンだったね」

「あのときは、社長にいろいろと……」

「優勝戦には、ぼくも応援に行ったね」

「はい。油照りの最高に暑い日でした。それなのに社長は背広にネクタイ姿で端然として……。わたしたちは大いに感激して戦いました。結果は申訳なかったのですが」

「いや、よくやってくれたよ。勝負はそのときのはずみ。社内が一丸となって盛り上ったあの熱気だけでも、たいした収穫だった」

「社長にそう言って頂くと……。あのときの歓声が、まだわたしの耳に残っています」

藤堂にも、その歓声が思い出された。

東京周辺の各工場を動員しての応援。その歓声の中心が藤堂であった。

少しおくれて球場に駈《か》けつけた藤堂の姿を見た応援団は狂喜した。娘たちの時ならぬ高い歓声に、グラウンドの審判員が何事かとふり返るほどであった。

藤堂の耳に、その後の歓声は、チームの応援というより、藤堂を励まし、たたえる声に聞えた。

あれは、女工たちの握手攻めに遭いながら各工場を廻ったときから、何年後のことであったろう。

藤堂も若く、再出発した会社も若かった。ともに伸びざかりのときであった。社長と従業員とが、人を介さないで蜜月《みつげつ》に酔いしれることのできる時期であった。

藤堂も老い、会社も老いた。興奮とか熱気とかいうものから、遠い時代へ入った。

藤堂は大社長になり会社も大きくなり、そして頭打ちの時期を迎えた。再建計画により野球部は解散となり、藤堂と従業員が肌でふれ合うチャンスがまたひとつ潰《つぶ》れた。

蝉はしきりに鳴いていた。その声をついばむように、雀《すずめ》のさえずりが聞えた。

大男の内田課長は、また額の汗を拭《ぬぐ》った。

「それにしても社長、あの炎天下で暑くはありませんでしたか」

「暑いといわれれば暑い。しかし、気の持ちようだ。グラウンドのきみたちは、もっと暑い中で戦っている」

藤堂は、もったいぶったのでも、また偽善者めかした答えをしたのでもなかった。本気でそう考えていた。従業員が苦闘しているのに、背広ネクタイ姿の暑さが何だと思った。

それに、そうした心構えは、幼いときから躾《しつ》けられ、身につけてきたものである。その意味では、藤堂にしてみれば、自分ほど経営者として十二分の訓練を受けてきた者はないという気がした。

「社長、それでは帰りますか」

矢吹が、タイミングを見はからったように言った。

藤堂は、腰を上げざるを得なかった。はるばる川崎まで来て、空虚で腹立たしい二時間を送ったと思った。

工場内は相変らず静まり返っていた。従業員たちの働く場へ来たという手ごたえはない。歓声も握手を求める声も、どこにも聞えなかった。かつてのあれは、いったい幻の声であったろうか。

蟬だけが、まだ鳴いていた。

その夜、藤堂は珍しく赤坂の料亭《りょうてい》へ出かけた。

新しく就任した通産大臣を囲む夕食会への出席のためであった。

業者有志の集いというだけで、会の母胎ははっきりしなかった。大臣は藤堂の知っている男であったが、つき合いの悪い藤堂としては、声をかけられただけでも、よしとしなくてはならなかった。

戦前の華王紡の勢いなら、あるいは無視できたかも知れぬが、いまは行政とのかかわり合いが強い。通産大臣の心証如何《いかん》が直接、会社の運営にひびいてくる面があるだけに、藤堂としても、一応顔だけは出しておかねばならぬと考えたためである。

それに、案内は、会社宛《あて》でなく、藤堂個人を名指しで来ていた。代理人でいいというわけには行かなかった。

さらに、案内の電話では、夕飯代が一人分、百万円ということであった。途方もない金額である。会社の経理に、

「×月×日　社長夕食代百万円」

と計上するわけには行かない。つまり、個人名指しの案内といい、その額は機密費から持って来いという謎《なぞ》である。

会場へ着いて、藤堂ははっとした。

二間続きの座敷の入口で、幹事然として金を集めているのが、隼《はやぶさ》であった。隼なのかというおどろきと、隼ならやりそうだという思いが、同時にした。

隼は、「グレート経済」という半月刊の経済新聞をやっている男で、情報屋であり、会社屋でもあった。政財界人の間を器用に泳ぎ廻り、また重宝に使われている。かつてCIAの組織に属していたといううわさもあるが、誰もその身元を穿鑿《せんさく》したことがない。いわば現代の忍者のような男であった。

三河絹糸前社長徳田の私設秘書のようになって、藤堂を三河絹糸援助へひき出したのも、隼であった。相原が社長になってからは、その秘書の役から追われ、相原に対してよい感情を持っていなかった。

隼は、ゴルフ灼《や》けしたココア色の顔を上げ、眼《め》を細めて、「へへっ」と意味のない笑いをした。

藤堂が無言で百万円の札束を置き、歩き出そうとすると、隼は藤堂のズボンの裾《すそ》を押えた。

畳の上を這《は》うようなかすれた声で、

「社長、相原は今日出席しなかったでしょう」

どんなルートがあるのか、情報屋だけに情報をつかむのは早かった。

「あの男はだめです。三河絹糸はだめになりますぜ」

だめというのは、華王紡の手から離れるという意味である。

「この件で後でちょっと。会が終ったら、玉菊へ寄ってもらえますか」

藤堂は、うなずいた。玉菊とは、隼が赤坂のはずれで愛人に出さしている小さな料亭である。

夕飯会は、内輪の集りというだけに、参加者は十一人。大臣は遅れるというので、食事をはじめた。

業界代表というふれこみであったが、綿紡だけでなく、化繊会社の社長も居る。ライバル同士膝《ひざ》つき合せるということもあって、酒も話もはずまなかった。学生運動や新入社員の動向など、あたりさわりのない話が出ては消える。綿紡界での会合ともなると活発に発言する藤堂だが、この席では、ほとんど沈黙を守っていた。

大臣が来たのは、予定より一時間おくれ、七時半ごろであった。

大臣はひと通り挨拶《あいさつ》し、二箸《はし》三箸料理をつまむと、すぐまた、次の会合があるからと、席を立った。

「まるで食い逃げだね」

「坊主《ぼうず》といっしょさ、お布施《ふせ》集めに忙しくて、料理など手をつける気にならんのさ」

社長たちがそんな風に言い合って、お開きとなった。

スマートな金集めであった。夕食代そのものは、せいぜい一人前一万円。残りの金は、まるまる大臣の懐《ふとこ》ろに入る。ちょっと顔を出して、一千万以上の金をさらって消えたわけである。会は他にもある。夕飯会をハシゴして廻るだけで、何千万もの金がころがりこんでくる。

藤堂は、怒るよりも、まず感心した。実力者に擬せられるだけのことはある。政治家になるには少々愚直とまで思っていた男だが、いつの間にそうした才覚を身につけたのか。それに、世話役の隼は、これで大臣にも参会者にも、顔を売ったことになる。

こんな風にして、政治は動き企業は生きて行く。実業家藤堂にしてみれば、空《むな》しい限りであった。小人数の会合なので、少しばかりは当面の紡績業界の問題について、大臣と突っこんだ話もできると思っていたのに。

藤堂は、これで今日三度肩すかしをくったと思った。

おもしろくない。もやもやしたものが、鬱積《うっせき》していた。

何かでふき払いたい。といって、これといって遊びも道楽も知らぬ藤堂には、手軽に発散の仕様がない。せいぜい、新しいベンツでも飛ばすことぐらいである。

運転はハーバード大学留学中おぼえ、すでに四十年以上の運転歴がある。ひとりでハンドルを握っていると、四十年前めがけて時間の中をさかのぼって行くような気がしてくる。

それに玉菊へは運転手にも知られず、自分ひとりで寄ってみたかった。

もともと、対三河絹糸工作は、関連会社担当の大牟田副社長の仕事である。大牟田はじめ重役たちは、三河絹糸に対して消極的である。隼が藤堂の部屋に出入りするのも、いい目で見ていない。

技術者上りの大牟田には、どこか禅坊主のようなところがあり、二言目には、「きれいに行こう」とか「正々堂々とつき合おう」などと言う。

つまり隼を使うなということでもあるのだが、その結果は、相原の不参に見るように、三河絹糸への出向者たちをつけ上らせるばかりになっていた――。

藤堂は運転手を帰し、自分でベンツを運転して玉菊へ行った。

隼は、宙を飛ぶような速さで玉菊へ戻《もど》っていて、藤堂を玄関に出迎え、奥の座敷へ案内した。

簡単な料理に、ナポレオンが運ばれてきた。

藤堂は、おしぼりを使った後、アルコールを浸《し》ませた脱脂綿をとり出し、さらに指先を拭った。

静かに一杯のみ干したところで、隼が膝をのり出すようにして言った。

「どうです、社長。三河絹糸を一揉《も》みしてみませんか」

「というと」

「株を買うんです」

「しかし、会社としては……」

「会社の金を出すことはありません。社長が保証さえされれば……。方法は、わたしが考えます」

藤堂は、大牟田副社長はじめ重役たちの顔を、ちらっと思い浮べた。できれば三河絹糸から手をひくべきだとの消極論で小さくなっている顔ばかりである。

これに対して、もともと拡大論者の藤堂は、最初から積極論であった。援助というだけでなく、吸収合併、または乗っ取りさえ考えていた。そのねらいがあればこそ、進んで技術も公開し、技術者や重役を派遣した。だが、相原はじめ送りこんだ男たちは、三河絹糸に寝返ってしまった。ミイラとりがミイラになった。

同時に三河絹糸は立ち直ってきた。このため、簡単に乗っ取ることはできなくなった。助けてやったおかげで、手に負えなくなった。

それは、藤堂の王国における一つの反乱であった。放置しておけば、藤堂の面子《メンツ》だけでなく、社内の統制にもかかわってくる。

それに、三河絹糸の新鋭設備を吸収することで、兼業である紡績部門を質量ともに充実させたいという最初の気持は変らない。

藤堂は、隼の浅黒い顔をじっと見つめながら訊《き》いた。

「株はすでに百五十万株持っているが」

「それは、三河絹糸と互いに株を持ち合うということで、会社として持って居《お》られる。つまり、社長個人が自由に活《い》かして使うわけには行かない株です」

隼は、空《から》になった藤堂のグラスに琥珀《こはくいろ》色のナポレオンを注《つ》ぎ、藤堂の眼をすくい上げるように見ながら言った。

「武器にも凶器にもなるだけの株を買うのです。三河絹糸の発行株式の三パーセントとして、二百万株」

「三パーセントねえ……」

藤堂はつぶやいた。三パーセントで何が起るかは、もちろん藤堂にもわかっている。臨時株主総会の招集を請求できるのだ。

だが、それは総会屋や会社ゴロのやることで、藤堂のような大社長の手がけることではない。

藤堂は表情は変えず、重い声で言った。

「ぼくにそんなことをやらそうというのかね」

「もちろん、社長がやるのではありません」

「総会屋か、それとも、きみが出るのか」

「とんでもない。わたしはいつも影武者です。表に立つのは、りっぱな人たちです」

隼は、にやりと笑った。

「りっぱとは」

「お任せ下さい」

隼は、小さな胸を張って見せ、

「社長とはまるで関係のないように行いますから」

「しかし、その総会で何をやらそうというのかね」

「前社長以来の一億の使途不明金、つまり、政治献金を追及します」

「しかし、あれは国会でも問題になり、警察も動いたが、結局、起訴にもならなかった」

「だからこそ、今度は会社の中で、株式会社のルールに拠《よ》って騒ぐのです。取締役全員解任を要求する総会へ持って行けます」

取締役全員解任――それは、藤堂の耳には快いひびきを持つ言葉であった。相原はじめ出向役員たちのおびえる顔が、目に見えるようであった。

藤堂の心は動いた。ただし、それが簡単に実現するとは思えない。

「それだって、世間によくあることだ。社内で少し騒いだところで、それだけのことに終るのではないか」

「いいえ、マスコミが大々的にとり上げてくれるはずです」

「どうしてだね」

「先刻《さっき》も言いましたように、今度、株を持って頂くのは、りっぱな方たちばかりだからです」

度々の「りっぱ」という言葉が、藤堂には耳ざわりであった。

「いったい、どういう人たちを使うというんだね」

物憂《ものう》く訊く藤堂に、はっとするような答えが返ってきた。

「国会でこの問題をとり上げた人たちですよ」

「……野党の代議士たちか」

「そうです」

「そんな先生たちが動くかね」

「動きます。必ず動かして見せます」

隼は、間髪を容《い》れず答えた。

あまりに迷いのない答えに、藤堂は次に問う勢いを失《な》くし、しばらく隼の顔を見つめた。

黒い顔の中のよく動く三白眼。それは、梟《ふくろう》のように、藤堂の見えぬものを見、藤堂のできぬ計算をやる眼であった。藤堂の知る世界に、こうした眼を持った者は居ない。

隼は、ナポレオンの壜《びん》を持ち上げたが、藤堂のグラスが満たされたままなので、また下ろした。自分は酒ものまず、煙草《たばこ》も吸わない。

「先生方は、三河絹糸の政治献金問題について、いまだにたいへん憤慨されて居ります。検察当局が遠慮して動かぬなら自分たちで、徹底的に膿《うみ》を出してやろう。政界浄化のために、中途半端《はんぱ》に追及を打ち切ってはならんと考えて居られます」

隼は、今度は代議士秘書のような口のきき方をしてから、また、にやりと笑った。

その笑いが、藤堂に、ふとたのもしいものに思えた。理屈はともかく、この男ならやれるかも知れぬと思った。

隼の妙な能力は、つい先刻見てきたばかりである。皆が煙に巻かれながら、しかも一千万余の金が動き、然《しか》るべきところへ消えた。あれは一種の手品師のやり口である。

藤堂は、大臣になった男の政務次官当時、隼との間柄《あいだがら》を訊いたことがある。次官は苦笑して言った。

「紹介者もなしで、いきなり役所のわしの部屋へ入ってきた。それがあまりにも堂々とし馴々《なれなれ》しいので、役所の連中は、わしの秘書と思って通したというんだな」

「忍者のように懐ろにおどりこんだというわけかね」

「忍者はあんなに図々《ずうずう》しくない。いや、現代の忍者は、図々しさで人の眼をくらますのかな。とにかく参ったよ」

忍者なら、そこでつまみ出されるはずであった。だが、現代の忍者はそれで次官をつかんだ。何かの餌《えさ》を持って行ったのであろうが、結果的にはひとつの手品といえた。

藤堂は、少しからかってみた。

「きみは、最前、政治献金の斡旋《あっせん》をしておいて、今度は政治献金をたたこうというのかね」

「そうです。それが何か」

隼は三白眼を動かす。とぼけてというより、本当に何でもないと思っている顔である。

藤堂は重ねて言った。

「大臣には忠誠を尽しておいて、今度は野党の連中と組む」

「それも、おかしいのですか」

おかしいと思う方がおかしいといった顔である。

藤堂は、まばたきした。藤堂自身、魔法にかけられそうな気がした。

隼は、三河絹糸の政治献金、つまり、使途不明金を問題にするという。使途不明金を悪のように言うが、その実、彼等《かれら》は、自由にできる使途不明金の高で人間のえらさを判断している。いや、世の中に使途不明金があるおかげで生きて居れるような人種である。彼等にしてみれば、使途不明金がなくなれば、空気に酸素がなくなるのと同じことになる。

それでいて、使途不明金を問題にする。問題にすることで、さらに使途不明金を引き出す。使途不明金は互いに増殖し合い、その過程で、さらに隼たちは肥《ふと》って行く。

藤堂は、そこに何ともいえぬ逞《たくま》しさを感じた。論理とか倫理とかを棚上《たなあ》げして、彼等には、常人にない企画力と行動力がある。

企画力と行動力の逞しさという点では、矢吹と好一対《こういっつい》ともいえた。矢吹が陽の世界のそれなら、隼は陰の世界のそれ。ひとつは組合内部、ひとつは政界内部へ、それぞれ藤堂のための強力なルートを確保する。

こうした男たちを使いこなすということも、現代の経営者のひとつの資格なのだ。しかも、この二人の向いている方向は、必ずしも同じではない。矢吹は、他《ほか》の重役同様、三河絹糸に対しては消極論である。その意味では、腹心とはいっても、矢吹には隼と会ったことは知られたくない。だからこそ、藤堂は自分でベンツを運転してやってきた。藤堂もまた忍者になった。

藤堂は、赤坂のホテル住まいである。矢吹もまた、いつでも藤堂の用に立つように、週末以外はそのホテルで暮している。いまも、そのホテルで藤堂の帰りを待っているにちがいない。忍者屋敷での長居は無用である。

藤堂は、玉菊に三十分ほど居て、腰を上げた。

ホテルは、そこから三分とかからぬ距離に在るが、藤堂はホテルとは反対方向にベンツを走らせた。

午後から鬱積したものを、一走りしてふり払いたかった。それに、身にまといついた忍者のにおいを、そのまま矢吹の待つホテルへ持ち帰りたくない。

夜ふけの街に車は少なく、窓からの風が気持よかった。がらんとした官庁街を走り抜け、霞《かすみ》が関《せき》ランプから首都高速道路へ入った。

アクセルを踏みこむ。ほとんどエンジンの音もせず、ただ速度計の針だけが上って行く。車は濠端《ほりばた》へ出た。右手に皇居の森が黒々と寝静まっている。北《きた》の丸《まる》から神田橋《かんだばし》へ。ベンツは快適に走った。

ふだんはもちろん運転手に任せているが、藤堂はときどき自分ひとりでドライブする習慣があった。

藤堂は六十二歳。その年輩で、しかも大会社の社長で、車を自分で走らせる人はない。それは、藤堂がたまたま早くから運転をおぼえたというだけでなく、藤堂自身の心の持ち方にもよるものであった。

どこへ行くにも運転手づきというのでは、一種の拘束を感じるし、孤独になりきれない。いざとなれば、その夜のように自分で行動できる可能性を残しておきたい。自分で自分の自由を確保するという精神にも通じることであった。また、他に趣味らしい趣味のない藤堂にとって、ドライブはわずかに気晴らしとなり、気分を若返らせる。それも誰《だれ》をもわずらわせず、しかも、てっとり早い気分転換になる。王者の車で、孤独に風を切って走るのは、悪い気持ではなかった。

その夜のドライブは、久しぶりであった。というのも、再建整理のどん底では、経費節減のため、ベンツを売り、タウナスにあまんじていた。来客に一切、茶も出さず、本社ビルのエレベーターは四階までノンストップで、一日十七円相当の電気代節約というような不況対策を徹底してやった。

貴公子然とした藤堂を、世間では体面を気にする見栄坊《みえぼう》と見、生れながらにベンツが身についた人間に見ていた。その藤堂が、ドイツ・フォードといわれる大衆車のタウナスに乗っている姿は痛々しかった。華王紡はそれほど悪いのかと見る人も居たし、よくそこまでと感心する人も居た。実用的には文句のない車であったが、藤堂は、タウナスではドライブする気にはなれなかった。

そのベンツは、再建整理の効果が出て業績が立ち直る気配を見せたため、最近、新たに購入したものであった。その意味で、藤堂は久しぶりに王者のドライブを味わいたい気分でもあった。

水銀燈《すいぎんとう》の連なりの下に、ゆるいカーブをえがきながらのびて行く夜のハイウェイ。車が走って行くというより、そのハイウェイがフロントガラスめがけて呼びこまれてくる感じである。

藤堂は、スピードを上げない。速度計の針を七〇キロに合わせたまま走った。

制限速度には、それなりに根拠があるはず。藤堂は、オーバーするにしても、プラス一〇キロを越さないようにした。車にも道路にも十分余裕を持たせて、堂々と走る。余裕を持って走るからこそ、王者のドライブである。やたらにスピードを上げる車は、貧しさの表われにしか見えなかった。

江戸橋で大きくカーブをえがいて、銀座方向へ。巨大な黒い石柱でしかないビルの林立する中を、ベンツは走った。

藤堂は、もはや何も考えなかった。そのまま一時間でも二時間でも走り続けたい気がした。ただ藤堂は、もともと不眠症気味で、車を運転すると、いっそう寝つきが悪くなる。ただひとつの気晴らしさえ、短時間で切り上げる必要があった。

藤堂にしてみれば、それもまた余裕のひとつ。あらゆる余裕を残して、それらすべてを社業に注ぎこむ。それでこそ経営者らしい経営者だと思う。

藤堂は、銀座・新橋かいわいのネオンの漂う上を、何の関心もなく走り過ぎた。ホテルへ戻るため、環状線へ車線をとろうとしてルーム・ミラーを見、藤堂ははっとした。白いスポーツカーがルーム・ミラーに映った。ジャガーのようであった。

白いジャガーといえば、矢吹の車と同じではないか。

環状線へ入ってから、藤堂はもう一度、ルーム・ミラーを見た。白いジャガーは、百メートルほど後に、ほぼ一定の距離を置いてついてきている。

藤堂は、首をかしげた。高速のジャガーのことである。七〇キロ程度で走っている藤堂の車をとっくに追い抜いていい。スポーツカーに乗るような男が、藤堂のように余裕のある運転をたのしむはずはなかった。

たとえば、矢吹がそうである。いつもは沈着な矢吹がジャガーに乗ると、人が変る。一二〇キロ、一三〇キロを出す。部下たちはこわがり、矢吹に誘われても、ついぞ同乗者がないという話であった。

矢吹もすでに四十二歳である。スピード好きは、若さのせいとだけはいえない。性格的に突風のように奔出する何かがある。それがまた、若い社員たちには、矢吹のひとつの魅力になっているようであった。

白いジャガーは、途中に一台の車をはさみながら、なお後に続いて来る。

「おかしいな」

藤堂は、部厚い唇《くちびる》でつぶやいた。

白いジャガーの主は、何かの目的のため、たとえば、藤堂の後をつけるため、スピードを落しているとしか思えない。そして、白いジャガーで藤堂を追ってくるといえば、矢吹しか考えられない。忍者の邸《やしき》から出て、もう一人の忍者につけられている感じであった。矢吹は、どこから自分をつけてきたのだろうか。

藤堂は、アクセルを踏みこんだ。速度計は、八〇、九〇と上って行く。

白いジャガーもスピードを上げた。だが、中間の車との距離をちぢめただけ。ときどき追越車線へ頭を出すが、前へ出て来ようとはしない。ベンツを照準距離にとらえたまま、身を隠して追ってくる白い猟師といった姿である。だが、本当に猟師かどうか。

眼《め》の前に、芝公園ランプへのサインが見えた。とっさに藤堂はブレーキを踏むとともに、左へハンドルを切った。かなり無理な操作のため、タイヤはきしみ、ベンツはころがり下りるようにしてランプを出た。

そのまま芝園橋《しばぞのばし》の通りに出て車を止め、藤堂はルーム・ミラーを見つめた。ジャガーが藤堂をつけているものなら、あわてておどり出てくるはずであった。

だが、どれほど待っても、白いジャガーは現われなかった。そのままハイウェイを走り過ぎて行ったのだ。

藤堂は、腋《わき》の下に汗が出るのを感じた。つけられていたのではない。藤堂の思い過しであった。それとも、白いジャガーは幻ででもあったのか。幻とすれば、なぜ、あした幻を見たのか。なぜ腹心である矢吹に追われねばならぬのか。また、追われたからといって、なぜ警戒したのか。

藤堂は狐《きつね》につままれた。錯乱したような自分の緊張ぶりがおかしかった。

疲れと、そして、わずかだが酔いが出てきたのであろうか。藤堂が煙草のみなら、そこで一服するところだが、藤堂は大きな嘆息ひとつしただけで、ベンツをスタートさせた。

車が走り出すと、藤堂にはふたたび白い幻がちらつき出し、割り切れぬ気分が戻《もど》った。とにかくホテルへ電話してみよう。矢吹は同じホテルの自室に居て、藤堂の帰りを待っているはずである。電話して、それをたしかめてみよう。速度を落して走りながら、藤堂は公衆電話を探した。

寝静まった街には、赤電話は見えなかった。電話ボックスも目につかない。

麻布《あざぶ》から六本木《ろつぽんぎ》へ。若者や銀座帰りの客でにぎわっているスナックの店頭に、赤電話がひとつ見えた。だが、さすがにそこへベンツをのりつけて、電話をかける気にはなれない。そのまま走って、結局、赤坂のエンプレス・ホテルへ着いてしまった。

玄関に乗りつける。かけ寄ってきたドア・ボーイに車を委《まか》せた。デラックス・ルームを借り切りの藤堂は、ホテルにとっては最高の客であった。フロント係が最敬礼しながら、鍵《かぎ》を手渡す。藤堂は、思いついて、そこに在る構内電話で、矢吹の部屋に掛けた。

「お帰りなさい」

矢吹のいつもに変らぬ落着いた声が聞えてきた。

藤堂は、一度にそれまでの緊張がとける気がした。一日が終って家に帰った、やれやれという気分であった。

「少し話したい。部屋へ来てくれぬか」

藤堂も、いつもと同じ口調で言って、受話器を置いた。

藤堂社長からの電話が切れると、矢吹は部屋の中の二人の男に目くばせした。

「それでは……」

二人は腰を上げた。その中の一人は、川崎工場労務課長の内田である。

矢吹が藤堂の腹心なら、その二人は、矢吹の腹心であった。そして、この腹心たちは、他ならぬ藤堂の社長追放についての密談をこらしていた。

藤堂がその夜の会合の後、ひとり玉菊へ廻《まわ》ったことについては、すでに情報をつかんでいた。

藤堂は、重役会の空気を無視して、いよいよ三河絹糸へ深入りして行きそうである。華王紡の立ち直りを見て、世間は藤堂をたたえ、藤堂もまた自信を強めた。壮大なダイヤモンド計画を打ち出し、ふたたび果てしなく戦線を拡大して行きそうである。

華王紡という王国で、藤堂は専制君主である。王国を再興した英主ではあるが、最近では、しばしば判断のまちがいをし、しかも、それが王者の権威でとがめられることもない。藤堂の誤りをストップするためには、力ずくででも藤堂を王位からひき退《さが》らす他はない。

社長は取締役会で選出される建前。取締役が一致すれば、社長更迭《こうてつ》は手続的には可能であった。

ただそれについては、取締役たちの緊密な同盟が必要である。次々と重役の首を切ってきた藤堂を、重役たちひとりひとりはおそれてはいるが、一致して結束し、外部の了解をとりつければ、藤堂社長といえど棚上げは不可能でない。藤堂の代りには、再建整備計画の立役者である島専務を社長にする……。

その夜、ホテルの矢吹の部屋では、陰謀の仕上げとともに、社長失格後の藤堂の処置をどうするかについての議論をしていた。

内田たち若手は、藤堂から一挙に代表権まで奪うべきだという考えであった。さもなければ、改革は不徹底に終り、藤堂がカムバックする危険があるという考えである。

これに対し矢吹は、藤堂は一応は代表権を持つ会長にし、社長より一段高いところから見てもらう形にする。そして、仕事として、食品・化粧品などの非繊維部門を玩具代《おもちゃがわ》りに与える。そうして花道を用意しながら、主業である繊維部門から実質的に骨抜きにしてしまおうという意見であった。

ただ、そのいずれにせよ、藤堂を社長の座からひきずり下ろすことに変りはない。その陰謀を、他ならぬ藤堂の住むホテルでしていた。

藤堂は七階のデラックス・ルーム、矢吹は五階の隅《すみ》の部屋を借りている。利用するエレベーターもちがう。

それに藤堂は、すでに五年越しこのホテルに居るのに、ただの一度も矢吹の部屋に足を踏みこんだことがない。用のあるときは、応接間のついている藤堂の部屋か、あるいは、ホテルの二つのバーに矢吹を呼んだ。踏みこむべき世界のけじめをつけてきており、それをみごとなほど一貫して守った。

大社長の矜持《きょうじ》を保つと同時に、アメリカで個人主義教育を受けた人にふさわしく、部下のプライバシーを尊重した。同じホテル内のことである。ときには矢吹の部屋をのぞいて見たくなっていいはずなのに、ただの一度も例外をつくることはなかった。

そこには、むやみと部下の私生活に触れるニコポン社長などとは、まるでちがう風格があり、矢吹は、そういう藤堂にも惚《ほ》れたのであった。

といいながら、その藤堂のりっぱさに乗ずるようにして、矢吹の部屋が密談の場になった。それも、主殺しの計画を煮つめる場に——。

内田たちと別れ、矢吹はエレベーターに乗り、七階の藤堂の部屋に来た。

藤堂は浴室に入っている様子なので、応接間で待った。

しばらくして、ガウンを羽織った藤堂が出てきて、長椅子《ながいす》に腰を下ろした。はれぼったい眼蓋《まぶた》に疲れが見える。

「きみは、ジャガーでぼくを追いませんでしたか」

藤堂はいきなり言った。眼が青く光った。

「どういうことでしょう」

矢吹は、藤堂をまっすぐ見つめたまま問い返した。

「いや、それならいいのです」

藤堂は、話題を変えた。

「きみは、相原社長が今日なぜ来なかったと思いますか」

夜毎《よごと》の二人だけの反省会であり、作戦会議のはじまりである。矢吹は、答えた。

「相原社長には、わが社から出向という意識がないためでしょう」

「しかし、相原君はうちの取締役でした」

「就任後、間もなく社長と意見が合わず、退かれました。しばらく浪人していて、三河絹糸へ。社長の世話でなく、他《ほか》の方の口ききで入ったと言って居《お》られます」

「ぼくも口を添えましたよ」

「しかし、当人は社長の厄介にならずに三河絹糸へ入ったつもりなのです。その意味では、社長に対してはむしろ……」

「うらんでいるとでもいうのですか」

「うらむとまでは行かなくとも……」

「他の人たちはどうです」

「程度はちがっても、出向しているという意識は弱いようです。というより、出向の身を忘れようとつとめているのではないでしょうか」

「なぜです」

「これまでの行きがかりもありますが、いまのあの人たちにとっては、自分の居る場所がすべてです。三河絹糸が何とか自立してやって行ける以上、自分の城の中へ閉じこもっていたいのでしょう……」

藤堂は壁の一点に眼をやると、うたうように言った。

「みんな自分のことしか考えません。組合幹部の諸君は、組合の中での自分のことしか考えないようですしね。……ぼくは、華王紡のことばかり考えてきたし、いまも考えています。きみ相手だから言いますが、ぼくほど会社のことばかり考えてきた重役が他に居ると思いますか」

矢吹は一度はうなずいた。かつて矢吹は、藤堂の仕事への献身ぶりに打たれた。この社長の下でと思えばこそ、建白書も出し、藤堂の腹心といわれるまでつとめた。ただ、それはそれとして、矢吹は藤堂をたしなめるように言った。

「しかし、社長、経営は心構えでなく、結果ですから」

藤堂は姿勢を立て直した。

「結果？　結果がどうだったというのです。増設すべきでないとき増設した、ナイロンへ出おくれた、そんなことでも言いたいのですか」

藤堂は、公卿《くげ》のように形のよい眉《まゆ》を曇らせたが、矢吹はそれにはとり合わずに言った。

「社長、過去はともかく、三河絹糸の件は、これ以上荒立てず、終熄《しゅうそく》の方向へ持って行ったら如何《いかが》でしょう」

「……うん」

矢吹の眼が光った。藤堂の気のない答えには、何かがある。三河絹糸問題について、隼と何を話してきたのだろうか。

矢吹は、そのことを穿鑿《せんさく》するより、藤堂の棚上《たなあ》げを急ぐべきだと思った。

藤堂がおだやかな口調でつぶやき出した。

「相原君たちは、ぼくに重役をやめさせられたと思っていると言いますね。華王紡ではそれは次から次へと重役の首がとぶ。さながら恐怖政治だったと。しかし逆にいえばそれだけ、次々と重役を任命してきたということもできます。事実、ぼくは、つとめて重役を多くつくってきたのです。娘に縁談が起ったとき、父親が何とか部長をしていると言うより『重役をしている』と言った方が、はるかに世間体がいいはず。その意味もあって、ふつう以上に多勢に重役になってもらいました。ただ、そうするためには、重役に定員がある以上、ある程度、重役の異動をはげしくしなければならなかった。恐怖政治どころか、温情政治の結果なのです」

藤堂はそう言いながらスリッパを脱ぎ、足を長椅子の上に伸ばした。

それが、藤堂が人前で見せるいちばんくつろいだ姿であった。しかも、その人前というのも、腹心である矢吹一人の前に限られていた。

「ぼくと重役たちとは、いや、ぼくが……」

言葉づかいが、少しおかしくなった。不眠に備えて、睡眠薬をいつもの倍量のんだためであった。スイスからとり寄せた最も強力な睡眠薬である。

藤堂は、しばらく黙って考えをまとめてから、ふたたび一気にしゃべり出した。

「慈悲で重役にした人は、早く退いてもらって当然です。ただそのときに『あなたは実は慈悲で役員にしたのです』と白状するわけにも行かないでしょう。それに、部長として有能だった男が、重役としては無能だということが、往々あります。そのときに、思いきりよく解任するのが、トップの勇気というものです。不適任なままに高給を与えて重役に据《す》えておいたのでは、会社に損失を及ぼすことになりますからね。それに、上へ来れば来るほど信賞必罰をきびしくするというのが、トップの心得だとも思うのですよ」

多少、呂律《ろれつ》の廻らぬところがあったが、言っている内容は、筋が通っていた。そして、藤堂は、その言葉通り、信賞必罰をきびしくした。藤堂が大社長に見え、また、かつて矢吹が魅力を感じた理由のひとつも、その果敢で迷いのない重役人事に在った。

ただ最近の藤堂は、必ずしもその筋道通りでなく、自分の意見に反対の役員は、それだけで容赦なくクビにするという態度になっていた。議論を尽させることもないし、自分の主張の根拠も、

「ぼくの永年の経験の勘で言うのです」

と、一言言うだけ。

恐怖政治とは、そのことであった――。

矢吹は、藤堂の話を黙って聞いていた。

この場合、藤堂は矢吹の反応を求めているのではない。孤独な藤堂は、矢吹をよき聞き手として、藤堂自身の考えをまとめ、自らをいたわっている。それがわかるだけに、矢吹は、ことさらコメントを加えたり、反論したりするのは避けた。

実害を伴う心配のない限り、矢吹は藤堂のそうした自己肯定を聞き流すことにしていた。

お互いに言いたいだけのことをしゃべる、というのが、二人だけの反省会のルールである。

その夜は、藤堂だけがしゃべった。言葉がもつれ出してしばらくして、藤堂は黙った。かすかな寝息が聞え出す。強力な睡眠薬が効いたのだ。

おだやかで、端整な寝顔。眼の下の袋と、右頰《みぎほお》の褐色《かっしょく》のしみだけが、わずかに年齢を感じさせる。大社長として四六時中はりつめていた神経が一度にゆるんで、藤堂は孤独な一人の初老の男の眠りを眠っていた。

矢吹は、じっと藤堂の寝顔を見つめた。

二十年、華王紡という大世帯《おおじょたい》を一身でひっぱってきた藤堂。ここらで、藤堂自身のためにも一線から退き、休養をとるべきではないだろうか。

そして、藤堂に身も心も安らいでもらうためには、藤堂の納得ずくで、その引退はできるだけおだやかに実現しなくてはならぬ。陰謀にはちがいないが、主殺しとかクーデターとかいう感覚でなしに実現すべきだと、重ねて思った。

現実の改革は、しかし、矢吹の期待を裏切り、やはり、ラジカルな形で起った。華王紡の本社は、会社定款《ていかん》により、都心などではなく、工場に置かれることになっている。昭和に入って、生産会社は何より生産現場に密着すべきだという藤堂の父の考えの現われだが、本社ビルは最大の工場である厚木工場の一劃《かく》に置かれていた。

その四階の役員会議室でのそれから一月後の役員会で、クーデターとしか呼びようのない社長交代が行われた。

その日は、たいした議案もなかったので、藤堂は重役たちに勝手にしゃべらせ、自分はアメリカから着いたばかりの合繊関係のデーターに目を通していた。

座が急に静かになったので、眼《め》を上げると、重役たちの眼がいっせいに藤堂に向いていた。

藤堂が見返すと、その中の何人かが、あわてて視線をそらせた。それでも藤堂は、まだ事態に気づかなかった。重役たちが閉会を催促しているのかと思い、ゆっくりデーターの束を閉じた。

ふいに、藤堂の右手の島専務が立ち上った。

どうしたのか。藤堂は、太い首を動かし、島を見上げた。

島のもともとむくんだ顔が、ひどく蒼《あお》ざめて見えた。頬の肉が一、二度ひきつる。

島は突っ立ったまま、血色の悪い下唇《したくちびる》をなめた。疲れている様子なのに、何を言う気なのか。

藤堂は、けげんな眼で島を見つめた。

再建整備計画の立案から実行まで、島はその最高責任者として奮闘した。現場への督励のため、心臓脚気《かつけ》の持病をおして、全国の工場をひとつ残らず歩いて廻った。藤堂の不乗気な計画を立案強行するだけに、失敗してはならぬと、けんめいであった。

そうした心身の疲れがふき出た顔であった。

休養でもねがい出る気なのかと、藤堂は思った。

島専務は、体を支えるように、両手でテーブルを押え、もう一度、下唇をなめると、まっすぐ藤堂を見た。眼にも血の色が見えた。

何なのかね。そう言わんばかりに、藤堂はうすく口を開けて、島を見上げた。そして、思いもかけぬ島の声を聞いた。

「藤堂さんには、今期限りで社長をやめて頂きたい。その理由は、御自分でおわかりと思いますが」

島は一気に言い、血走った眼に力をこめて、藤堂を見つめた。

藤堂は、唖然《あぜん》とした。

〈何を言うんだ、きみは……〉

その言葉が咽喉《のど》まで来て、声にならない。島の声がさらに、遠くの世界からの声のように聞えてきた。

「藤堂さんには会長になって頂き、ダイヤモンド計画の方に専念してもらおうと思います」

藤堂は、眼尻《めじり》も裂けよとばかり見開いた。迷い言にちがいないが、たとえ迷い言にしても、議長である自分の許可を得て発言すべきではないか。きみは、たいへんな心得ちがいをしている……。

そう言いたいのだが、やはり、ひとつも声にならない。

藤堂は、列席の重役たちの顔を見渡した。いつもと反応がちがっていた。視線をそらす者もあったが、多くは、まっすぐ藤堂を見返してくる。いままでにないことである。

藤堂は狼狽《ろうばい》した。見馴《みな》れたはずの重役たちの顔が、見る見る見知らぬ他人の顔となって遠のいて行く。

藤堂は、ようやく事態の深刻さに気づいた。態勢を立て直そうにも、声が出ない。藤堂が、温厚な紳士型の大社長でなく、どこにも居る成り上りの経営者なら、すかさず声を荒《あら》らげてどなり、その場の空気を転換するきっかけをつかんだかも知れない。だが、専制君主とはいえ、藤堂はあくまで冷静な大社長であり通した。そのため、反撃のチャンスを失った。

金縛《かなしば》りに遭ったように、身動きもできない。腋《わき》の下を冷たい汗だけが走り落ちた。そんなばかなことがあって、たまるか。これは夢だ。とほうもない悪夢だ。

〈矢吹君、これは夢だな！〉

藤堂は大声を上げて、隣室に控えているはずの矢吹に問いかけたかった。

藤堂は、テーブルの下で拳《こぶし》をにぎりしめた。その拳にも、汗がにじみ出てきた。

そうした藤堂の耳に、またしても、島の信じ難《がた》い言葉が聞えてきた。

「それでは、この件について、決をとりたいと思います。この議案に賛成の方は挙手ねがいます」

怪鳥の羽ばたくような音がし、手が上った。幾人かはおくれたが、それでも、重役全員が挙手した。

藤堂はその手の数を放心したように数えかけたが、島の声がそれを教えた。

「十三対零《ゼロ》。それでは、この件は、役員会で正式に決定されたことにします」

島は一語一語嚙《か》むように言ってから、一度に腰でも抜けたように椅子に坐《すわ》った。

「きみたち……」

藤堂は、それだけ言って、絶句した。

不意打ちである。負けたと思った。あってはならない不意打ちである。眼の前が、まっ暗になった気がした。自分ひとりのことではない。こんなことが起っては、世の中がまっ暗になる。

藤堂は茫然《ぼうぜん》としていた。腹立つよりも、信じられない。信じたくない。

重役たちが、音を立てて椅子から腰を上げた。椅子の立てる音を、藤堂はその役員会議室ではじめて聞いた気がした。

重役たちのある者は、藤堂をあざけるように眺《なが》め、ある者は視線をそらせたまま、立ち去って行く。

役員会議室には、藤堂ひとりだけが残された。時刻は、三時を少し過ぎていた。

藤堂は、生れてはじめて、自分で選んだのではない孤独の中へ突き落された。藤堂はそのまま動かなかった。幻を見続けている気がする。起った事が、まだ信じられない。

社長の座が、それほど簡単に奪われるはずがない。といって、藤堂にとって、社長の座を保証したものは、何であったろう。

持株数からいえば、問題にならない。大株主筋は、最近の業績不振から、必ずしも藤堂を全面的に買ってくれてはいない。

社業専一で、社外につき合いのない藤堂は、政財界筋で強力にバックアップしてくれる友人を持たない。

業界では、一見識ある藤堂は、しばしば華王紡独自の判断で行動したため、異端扱いされている。

それに、華王紡に伝統的なことだが、生産第一主義と同時に大会社意識が強く、銀行や商社関係に対し、とくに頭を下げることもなく、つき合いを深めることもなかった。その意味で、いざとなって、彼等《かれら》の支持も期待できない。

藤堂は、にわかに足もとの大地がくずれ出すのを感じた。あれほど絶対的な大社長のはずであったのに、そのことは、幻想でしかなかったのか。

だが、藤堂はすぐ思い直した。

二十年、華王紡を預かってきて、藤堂は自分以上の経営者はあり得なかったはずだという自信を持つ。遊びもつき合いもせず、明け暮れ華王紡の発展に心を砕き、ひたむきに華王紡を愛してきた。

伝統的な温情主義経営で一貫してきた結果、手のしびれるまで女工たちの握手攻めに遭うなど、全社の従業員をあげての支持を得てきている。このこと以上に、ゆるぎのない社長の椅子《いす》の保証はないはずだ。十三人の重役たちがいきなり何を言い出そうと、社内の支持は自分に在るはずだ。

そこまで考えて、藤堂は、ふと妙なことに気づいた。いつもなら、役員会が終れば、矢吹が待ちかねたように藤堂を迎えにやってくる。その矢吹が、一向に現われないのだ。

藤堂は、肉の厚い掌《てのひら》で、ゆっくり顔を撫《な》でた。腹心である矢吹は、この事態に何をしているのだろうか。

藤堂は、腋の下に、ふたたび冷たいものを感じた。矢吹は、この陰謀の進行に気づかぬような、まぬけな腹心であったのか。それとも、陰謀を知りながら、重役たちに寝返ったのか。

いまとなってみれば、藤堂自身にも、反乱の気配について思い当るものがある。

先回の役員会への相原の不参。あれは、いわば現地軍の反乱であったが、その不参を重役たちは一向、真剣にとがめ立てようとしなかった。それに、組合幹部たちが藤堂との会見の約束をすっぽかしたことも、それまでになかったことだけに、反乱といえばいえた。

そうした前兆があったというのに、俊敏で社内の情報に通じているはずの矢吹が、何ひとつ気づかなかったといえるだろうか。

藤堂は、手をのばし、サイドボードの上に在る電話機をとり上げた。

交換手の声に、

「矢吹君をここへよこしてくれ」

「はい」と答えてから、交換手はせきこんで打ち消した。「矢吹室長は、ただいま外出しておりますが」

交換手の声まで、藤堂には、にわかにそらぞらしいものに聞えた。

矢吹は、その日の夕刻、ひそかに島専務に会い、役員会の様子を聞いた。

陰謀は成功したとはいうものの、矢吹には最悪の経過であった。まるで闇討《やみう》ちにでも遭ったような藤堂の姿が、目に見える気がした。

「だめですね、専務。それでは、全くのクーデターではありませんか」

愚痴を知らぬ矢吹だが、思わず愚痴が出た。

「仕方がない。わたしには、あれ以上できなかった」

島専務は、ハンケチを出し、蒼ざめた額の脂汗《あぶらあせ》を拭《ぬぐ》った。

「寝首でも掻《か》いたように言われるかも知れぬが、あれしかなかった。いざとなってみると、とても、きみの期待のようなわけには行かない。話し合いになれば、われわれは束になっても、藤堂さんには叶《かな》わない。円満な話し合いなど、ありようがない。刺すか、刺されるかしかない。そのことが、立ち上ってみて、わたしにはわかった」

「…………」

「藤堂さんは、わたしをふしぎそうにじっと見た。何の疑いも持っていない眼だった。その眼を見ていると、こちらがおかしくなりそうで、わたしは一気におどりかかった。……他《ほか》の役員たちにしても、みんな、わたしと同じ気持がしていたと思う。だいいち、しゃべったのは、わたしひとりだ。藤堂さんをのもうとしながら、のまれていた。あれでは、間髪を容《い》れず決着をつける他なかった」

島は思い出して、長嘆息した。矢吹が批評もできないでいると、島は矢吹に向き直った。

「それに、もうひとつ、きみにことわりがある」

「何を……」

「わたしには、もう、とても藤堂さんの後をやって行く元気がない」

「専務、いまさら……」矢吹は島に詰め寄った。「クーデターは、専務が社長になるというふくみがあればこそ計画が立ったのです。われわれも、社内をその線なら、まとめる自信があります。社外にも了解をとりつけることができます。それなのに、いまさら、そんな弱気を……」

島は、幼児がいやいやでもするように、首と手を物憂《ものう》く振った。

「わたしには耐えられない。今日のことだって、あれは五分とかからなかったろうが、わたしには、一時間にも二時間にも思えた。この調子では、とてもこの先、藤堂さんの眼とはり合って行く自信がない。その緊張に、わたしの体が保《も》たない。これ以上やったら、わたしは死んでしまう」

島は下唇をしめしながら、力の尽きた声で言った。

「わたしを見逃してくれ。とにかくわたしは、社長棚上《たなあ》げという大任を果したんだ。後には、大牟田副社長はじめ十何人もの重役が居《お》り、きみたちが居る」

「しかし、専務……」

「きみたちにはわからんだろうが、社長を刺すとき、わたしも目に見えぬ大きな刀で斬《き》られたんだ。わたしは怪我人《けがにん》なんだよ。……それにわたしは、主殺しの罪人という意味でも、傷のある身だ。その傷のある身が会社の表面に立ってはいけない。世間では、島は社長になりたくて藤堂さんを倒したと見る。それではわたしもつらいし、会社のためにもよくない」

「しかし、そのことは専務、先刻承知の上ではなかったのですか」

「円満な授受が行われたら、もちろん、わたしも社長になっただろう。でも、わたしは、藤堂さんの寝首を掻くことになったんだよ。この後味の悪さは、いくら説明しても、きみたちにはわかってもらえないだろう」

島は、また額の汗を拭い、肩で呼吸をした。

それは、矢吹の予期しなかった姿であった。

再建整備計画の責任者として藤堂社長とはり合い、ワラジばきの勢いで全国を廻《まわ》ったときの姿はない。一日にして島は老《ふ》けこみ、病にとらえられてしまった感じであった。

「きみは藤堂さんの腹心ででもあるから、すべて円満にとねがうだろうが」

「いや、そうじゃなく、社内の動揺を防ぎ、会社の体面を保つために……」

矢吹が反駁《はんばく》するのを遮《さえぎ》り、島は弱々しい声でつぶやいた。

「経営者の世界では、あちらを立て、こちらも立てるというわけには行かない。喰《く》うか、喰われるかなんだよ。どちらかが斃《たお》れるまで、戦いは続く。棚上げというのは、ことの終りでなくて、はじまりであったわけだ。そして、わたしとしては、とてもこれ以上、藤堂さんを喰って行く元気はない。だが、そうしなければ、こちらが、とって喰われるし……」

「それは島さんひとりでなく、役員やわたしたちが結束してやれば」

矢吹は声を励まして言ったが、島は首を横に振った。

「そうだろうかね。今日こそまとまったが、明日からは、また、ばらばらになるのでは……。くどいようだが、わたしは藤堂さんに匕首《あいくち》をつきつけたとき、他の役員たちも口々に藤堂さんを責めてくれると思った。いや、積っていた憤懣《ふんまん》が爆発して、一気に藤堂さんを部屋の外へつまみ出してしまうかも知れぬとまで、空想もした。ところが、どうだ、何も起らなかった。誰《だれ》も何も言わなかった。もちろん、あの人たちはそろって手を上げたが、誰も、その手を汚さなかった。刀をふるったのは、わたし一人。わたしはたしかに藤堂さんを裏切ったが、そのわたし自身は、役員たちに裏切られた思いもするんだよ」

「それは、専務の思い過しです」

「そうかも知れない。しかし、わたしは藤堂社長を刺した瞬間、変な話だが、藤堂社長のこれまでの日々がいかにたいへんであったかが、わかる気がした。毎日が全重役を相手にする目に見えぬ戦いだ。社長というのは、そういう日々を踏み越えて生きて行く強靭《きょうじん》な男だ。鋼鉄ででも出来ているような人間でなくちゃいけない。わたしは、そういう人間ではないし、そういう人間になりきれない」

「専務！」

「きみの言いたいのは、わかっている。社長の椅子についている中《うち》、そういう人間に徐々に変身して行くとでも言いたいのだろう。だが、わたしには、その変身に耐えるだけの自信がない。というより、そういうものに耐えるより、もっと自分がいとおしくなってきた」

「弱気ですね」

「たしかに弱気だ。それは、つまり、わたしが藤堂さんでないということでもあるのだよ」

　無言のまま見つめている矢吹に、島は少しうらみっぽい声で、

「きみたちに言われなくたって、わたしだって社長になりたい。伝統ある華王紡の代

表取締役社長のポストは、男冥利《おとこみようり》に尽きるからね。ところが、その男の夢を、わたしは自分からすてようと言っているんだよ」

矢吹は退けられた。島の言い方には、もう何と言おうと翻意しない決然としたものが感じられた。

矢吹は眼を閉じた。誤算が起った。周到な用意を以《もつ》て進められ、非情に回転していったクーデターのメカニズム。それが最後の段階になって、にわかに人間的に綻《ほころ》びてしまった感じであった。

「それじゃ……」

瞑目《めいもく》したままの矢吹の前から、島は重量を失った人間のように去って行った。

矢吹は腕を組んだ。

棚上げこそ成功したが、それは期待通りの円満な移譲ではなかった。島を立てて強力に再建を進めることで、とりつくろう道もあったのだが、その島が尻ごみしては、矢吹としては希望の托《たく》しようもなく、同時に、身の置き場もない形となった。

矢吹にはまた、それから先の経営陣の混乱が目に見える気がした。島が社長にならなければ、結束の中心を失って、重役も若手たちもばらばらになる。

そうした混乱の中に在って、矢吹自身、どう身を処したらいいか。

腹心であり、裏切った腹心でもある矢吹の立場は、複雑であり、微妙であった。どんな行動もうかつにとれないし、動かなければ、またそれだけでも一つの行動と見られる。

混乱をおそれるわけではないが、それは、落着くところに落着くまでは、無用な消耗になりかねない性質のものである。また、矢吹が居ることで、事態がさらに紛糾しかねない。

その意味でも、矢吹は自分が退くべきだと思った。島が自身をあわれんで社長を受けぬのと同様、矢吹も自身を惜しんで会社を去るべきだ。

やめて、すぐどうするというあてはない。郷里の四国へ帰って、しばらく静養しよう。

矢吹は、くよくよしなかった。

事態は絶えず流動することであり、第二第三の人生が、どんな転機で訪れぬとも限らない。矢吹の力を知る人は知っている。

それに、混乱の中に居て受身で動き廻るよりも、肩すかしをくわせて外へ出、チャレンジの機をうかがう方が、矢吹の性に合った。

退社することで矢吹は自分の人生が終りになるなどとは、考えなかった。だが、仮にそうなって四国で一生を過すことになっても、悔いはなかった。

矢吹は、戦争中、戦車隊の将校であった。ルソン島へ増派されることになったが、盲腸にかかり手術中、船団は出発し、バシー海峡で敵潜水艦に襲われて全滅した。その意味では、拾った命、拾いものの人生なのだ——。

決心すると、行動は早かった。矢吹は、その日の中に、ホテルの部屋を引き払った。

夜ふけ、藤堂は矢吹の部屋に電話した。電話のベルは、いつまでも空《むな》しく鳴り続けるばかりであった。

棚上げは、藤堂にとっては、思いもかけぬ出来事であった。

役員会の席上では、藤堂は、終始、信じられない気がして、半ば他人事《ひとごと》のように、成り行きを眺めていた。

はっきりした怒りがこみ上げてきたのは、完全な孤独の身になってからである。ただ、藤堂は、「大社長」であった。あくまで「大社長」にとどまろうとした。ともかく合法的に事が運ばれてしまった以上、あわてふためいて何等かの対抗措置に出るのは、賢明ではない。

藤堂は、まず体面を考えた。

天下の華王紡でクーデターがあったと見られてはまずい。ごく円満な形で、藤堂自身の発意にもとづいて社長交代が行われたことにする。

それは、会社の体面を保つだけでなく、藤堂自身の名誉をとりつくろうことになる。

マスコミ工作については、藤堂には自信があった。社長になって以来、藤堂は一貫してマスコミ対策に気を配ってきた。社長交際費をいちばん多くつかってきたのも、対マスコミ関係であった。それも、相手によって木目《きめ》細かくつかい分けた。

潔癖な若い記者相手には、野球大会などを開き、藤堂自身も忙しい時間を割いて、ピッチャーとして出場する。明るい空の下で、いっしょににぎやかにボールを追って親しんだ。

その一方、編集局長や雑誌主幹といった筋には、ときには、百万円の札束を、相手の気持の負担にならぬよう、ミカンの箱でも届けるように、ごく無雑作に贈ったりした。

そうした下地をつくった上で、藤堂はインタビューの申し込みなどがあると、万難を排して会うようにし、自分の方からも、機会を見ては、記者会見の席を設けた。

藤堂は、新しい時代の経営者であった。マスコミの力をよく知っていた。斜陽産業であるにかかわらず、華王紡が超一流の大会社であるという印象を、絶えず世間に与えておこうとした。同時に、それは、藤堂自身の「大社長」ぶりを印象づけることでもあった。

勉強家の藤堂の話は、理路整然としており、新しいトピックがあり、アメリカ仕込みのジョークもまじえて、飽きさせない。藤堂その人が絵になる人であったが、その話も、そのまま絵になる話であった。しかも、藤堂の話には必ず目玉があり、どんなうかつな記者でも、記事のとりはぐれのないよう配慮してあった。

こうして藤堂は、出入りする記者たちを、自分のファンにした――。

今度のクーデター事件について、ファンを失望させてはならないが、幸いファンであるだけに、藤堂の言葉なら信じてくれるであろう。藤堂は、自分ひとりが記者会見して、社長交代を発表することにした。

新しい社長には、副社長の大牟田の昇格がきまった。その大牟田には秋田工場へ出張してもらい、留守中に記者会見を組んだ。

大牟田は、五年余、藤堂の女房役をつとめてきた技術者上りの副社長であった。剣道五段、日曜日には禅寺に通うというように、どこか飄々《ひょうひょう》としたところがあった。

あまり嘘《うそ》のつけないタイプで、話下手である。記者たちの質問攻めで、クーデター劇の真相を漏らしかねない。その意味でも、藤堂ひとりの会見の方が無難であった。

大牟田も、その点は、同じ意見であった。

記者会見の席で、藤堂はふだんと変らぬおだやかな表情、そして、朗々とした口調で、社長交代の経緯をもっともらしく語った。いつも同様に聞かせる話をした。

藤堂が大社長であり終身社長のような感じを持っている記者も多いだけに、突然の交代劇は意外のようであったが、藤堂の落着き払った話しぶりに、深く突っこむような質問も出なかった。

社長交代の発表に新社長の顔が見えぬのは不自然だが、

「大牟田君には、社長として繊維関係をとくに見てもらうわけですが、あの人は御承知のように技術者上り。社長としての挨拶《あいさつ》はまず現場からというので、こちらはわたしに任せて、秋田へとんで行ってしまいました。社長というのに、まだまだわたしをあてにして居られるようで……」

などと、藤堂はとぼけて言った。

記者たちは、藤堂という大物会長の下でなら、あり得ることだと思った。

次の日、各紙の経済面は、いっせいに華王紡の社長交代を報じた。

それらはすべて、「最高経営陣の強化をはかるための会長制採用」「多角経営による

「飛躍的発展への布石」「大所からみての組織変え」などという風に、交代が円満に行われただけでなく、すべて藤堂自身の前向きの姿勢によるものという論調であった。

藤堂の狙《ねら》いは、果された。

重役たちは、それほど意識しなかったが、それはクーデターに対する藤堂の巻き返しの第一歩であった。

第二章

藤堂《とうどう》が本社で社長交代について記者会見しているとき、新任社長の大牟田《おおむた》は秋田工場の視察を終り、夕方、雄物川《おものがわ》の川岸に在る禅寺へ立ち寄っていた。

杉並木の深いその寺に、大牟田は学校時代、一夏滞在したことがある。それは、華王紡績への就職も内定した学生生活最後の夏であり、蟬時雨《せみしぐれ》を聞きながら、坐禅三昧《ざぜんざんまい》の日を過した。大牟田の人生で、いちばん落着いた、浄福の思いのする夏であった。

高い競争率を突破してパスした華王紡績は、当時、藤堂の父幸有が社長をしており、次々に外地に工場をつくり、やがては全世界を華王紡製品一色で蔽《おお》ってしまいそうな勢いであった。その華王紡の社員となって一生を終れば、それで人生の果報が尽きる思いがしていた。重役になろうなどとは思ってもみなかったし、なれる可能性があるとも考えなかった。

入社後、大牟田は東北生れの人間らしく、寡黙でまじめ一方の技術者として働いていた。生産技術の改良について、いくつもの貢献もした。

思いがけず四十年余つとめることになり、各地工場長を歴任し、やがて先輩たちがあわただしく去った後を追って重役陣に加わり副社長にまで進んだ。

大牟田としては「位人臣《くらいじんしん》をきわめる」という思いがあったが、副社長就任後二年ほどして、三河絹糸社長へ転出させられるといううわさが耳に入った。

副社長が育つと外へ追い出すという藤堂一流のやり口。それに、技術導入の問題で大牟田は一度、藤堂と衝突したことがあった。

藤堂自身否定も肯定もしないままに、うわさはいつまでもくすぶった。勘ぐれば、そういううわさを流すことで、藤堂は大牟田を牽制《けんせい》しようとしているふしがあった。

このうわさに対し、大牟田は開き直って、雑誌記者に語った。

「三河絹糸は、すでに出向者たちの努力で一応の安定を見ている。いまさら、本社から自分が出向く必要があるとは思わない。もし、どうしても行けといわれるなら、自分は退社して、どこかの禅寺で余生を送るつもりだ」と。

大牟田の賭《かけ》であった。大牟田の方からも、牽制球を投げ返したのだ。そのせいか、うわさがうわさのままで終った。そのあと、今度のクーデター計画となった。

大牟田は、大詰めになってから、島から計画を打ち明けられた。組むか、組まぬか。血刀をひっさげた島に詰め寄られた感じであった。

人生の局面は、また一回転した。藤堂におびやかされていた身が、藤堂をおびやかすことになり、思いもかけなかった華王紡社長の椅子《いす》までころがりこんできた——。

禅寺では、その夕、たまたま近在の人を集めての坐禅の会があった。華王紡社長となった大牟田にしてみれば、凱旋《がいせん》将軍の思いもする参禅であったが、住職も参会者たちも、大牟田を特別扱いすることはなかった。

夕刻のひとときは、禅宗では「陽きわまって陰となる」時刻、修道者が見性成仏《けんしょうじょうぶつ》できる一刻とされる。久方ぶりの坐禅に、大牟田はその貴重な時間の推移をしみじみ味わう思いがした。永かった恐怖政治の時期を終り、ようやく法悦の境の戸口にたどりついた思いであった。

虫の声を聞きながら禅を組んでいる中、あたりは闇《やみ》になった。

白い顎鬚《あごひげ》のある住職の法話が、はじまった。話題は、足利尊氏《あしかがたかうじ》についてであった。

建武《けんむ》三年、西海から破竹の勢いで攻め上った尊氏が、湊川《みなとがわ》で楠《くすのき》正成《まさしげ》を破り、京都を制圧した直後、清水《きよみず》の観音《かんのん》に願文《がんもん》を捧《ささ》げた。得意の絶頂に在るはずの尊氏の最初の願文の文句が、

「この世はすべて夢の如《ごと》く候《そうろう》」

であった。

尊氏は、その願文で、わが身の果報はすべて弟直義《ただよし》に与えられるよう、自分は仏門に入りたい旨《むね》の澄み切った心境を申し述べていたという。

この世はすべて夢の如く候——それは、正《まさ》しく大牟田の心境でもあった。

尊氏は、自分の勝利が弟直義の貢献によるものと感謝していたが、その点では、大牟田は島専務に感謝すべきであろう。そして、尊氏のように、身の果報が島にも及ぶようにと祈るべきかも知れない。新社長には、クーデターのリーダーであった島が就任しておかしくなかったのに。

線香の煙の流れる中で、白い顎鬚の住職の法話は続いた。

それほど殊勝な心境になっていた尊氏だが、後には、弟直義を毒殺することになる。わが子への愛にひかれたためもあるが、政権の座についている中、欲望も猜疑《さいぎ》心《しん》もふくれ上り、あの殊勝な人間とはまるで別の人間に変って行ったのだ。

大牟田には、一々思い当る話であった。

住職は、大牟田の身分を知っているはずである。尊氏のたとえが、大牟田を意識してのものなのかどうかは知る由《よし》もなかったが、大牟田は考えこんだ。いまの大牟田にその心はないが、いつの日か、尊氏同様、政権への執着に燃え狂うことがあるであろうか。いや、それより早く、島専務が社長の座をねらい出すかも知れない。

大牟田は、島の策略を感じた。

「主殺しの罪人である自分は、社長の器ではない」

と、島は繰り返し言った。とすると、風当りの強い社長の椅子へは、当座、大牟田をまず当てておき、ほとぼりのさめたところで、自分が社長になる肚《はら》ではないか。大牟田を社長にしたのは、禅譲というより、計算ずくの感じが強い。

その後、クーデターの責任問題は、矢吹が退社することで、一応片づいた恰好《かっこう》であった。大牟田には、それが、島が矢吹に全部の責任をかぶせ、詰腹を切らせたように思える。

その意味で島は、政権目ざして着々と足場をかためている――。

法話が終り、ふたたび坐禅に移った。

風が舞いこみ、うすく開いた大牟田の眼《め》に、線香の煙がしみた。

大牟田は気をとり直した。進んで参禅するような者が、猜疑心を持ってはならない。あくまで淡泊に、そして、淡泊であることで社内の人心を収攬《しゆうらん》して行く他《ほか》はない。

技術者上りの大牟田は、経営について格別の抱負があるわけでなく、また、スタンドプレイのできる柄《がら》でもなかった。子分や腹心も持たない。

大牟田は、退社した矢吹のことを思った。私生活を犠牲にし、藤堂と同じホテルに起居していた馬力のある男。藤堂には、あの矢吹ひとりで五人も十人もの男の代りになったはず。矢吹によって、トップの孤独から救われ、心の支えも得ていたであろう。大牟田は、藤堂と矢吹の関係をうらやましく思ったが、すぐまた思い直した。

その矢吹に、藤堂は刺されたのだ。変心は、足利尊氏だけではない。力のある腹心には、むしろ変節のこわさがある。

その意味では、これといった腹心を持たぬ大牟田の方が、トップとしては、むしろ安心なのかも知れぬ。淡々と、そして、無欲無色に社長の役をつとめて行こう。全社員を腹心として行こう。大牟田のこれまでの生き方がそうであり、そのように生きることで、結果的には、社長の椅子を物にできたではないか。

坐禅和讃《わさん》がはじまっていた。

大牟田は、いつか無心に唱和していたが、ふと一語一語が、にわかに生きて語りかけてくるのを感じた。
……無相の相を相として
行くも帰るも余所《よそ》ならず
無念の念を念として
謳《うた》うも舞うも法《のり》の声
三昧無礙《さんまいむげ》の空ひろく
四智円明《しちえんみよう》の月さえん
此《こ》の時何をか求むべき
…………

大牟田は、力をこめて唱えた。

参禅してよかったと思った。社長といえど、特殊な仕事ではない。無念無想に生きるばかりだと思った。

矢吹は、社長交代についての新聞記事を、四国へ向う汽車の中で読んだ。

そこには、寝首を掻《か》かれて棚上《たなあ》げされたのでなく、自分の意志で一段と高所に納まった大物会長の姿がにじみ出ていた。

さすがは藤堂だと思った。矢吹が用意しそこねた花道を、藤堂は自分の手でみごとにつくり上げていた。

矢吹は、各紙の記事を、くり返し読み比べた。〈大牟田新社長の横顔〉などといったものを載せている新聞もあったが、ごく事務的な扱いで、迫力がなかった。敗れたはずの藤堂が傲然《ごうぜん》としているのに対し、勝者である大牟田や島に影のうすさが感じられた。

「会社のことが気になるのね」

横から妻の道代が言った。矢吹は答えず、眼を上げた。

茶畠《ちゃばたけ》のひろがる先に、茄子《なす》紺色《こんいろ》をした富士がそびえていた。雪も雲もまとわず、晴々とした姿であった。

新聞を膝《ひざ》にたたみ、矢吹はあらためて一介の浪人の身となったことを思った。そして、やはり浪人すべきだと思った。浪人しなければ、矢吹自身の心の整理がつかない。けじめをつけるためにやめるという矢吹に、

〈浪人なんて愚劣ですよ〉

と、内田たちは喰《く》ってかかった。

〈なぜ、殉死みたいなことをするのです。矢吹さんは、藤堂社長個人にではなく、こ

の会社に人生を賭けていたのじゃなかったのですか〉

〈もちろん賭けた〉

〈それなら……〉

裏切った腹心、あるいは、役立たなかった腹心として責任をとるというのが、表向きの理由である。

その半面、矢吹は自身を無用の混乱の中から救い出したかった。受身で動くのは不利である。機先を制して肩すかしをくわせ、強い形で出直した方がいいという計算もあった。

だが、矢吹は、それらを一々説明する代りに言った。

〈いまは出た方がいいんだ〉

内田の表情が変った。

〈というと……〉

矢吹は答えず、二人の目と目が合った。

具体的な計画があるわけではない。ただ、力のある男同士のつながりが、いつかは火を噴くはずだという自信があった。時間を貸せば、専務の島も立ち直り、新しい結束の中心となって動くことであろう。事態は絶えず流動的なはずなのだ。

〈大きな賭ですよ〉

念を押す内田に、

〈なんのなんの〉

矢吹は笑って太い首を振ったものだ――。

平行する東海道線を、オレンジ色の湘南型《しょうなんがた》電車が走っていた。けんめいに走っている風だが、ひかり号はまたたく間に抜いた。

「二人だけで旅行するのは、何年ぶり、いえ、何十年ぶりかしら」

窓の外を見ながら、道代がつぶやいた。

「何十年とはオーバーな」

矢吹は苦笑しながら、道代の顔を見直した。屈託のない顔、蔵の中から取り出したばかりの雛人形《ひなにんぎょう》のような顔をしていた。

「でも、少なくとも十年はしていないわ」

矢吹にとっては、華王紡に賭け藤堂に賭けて、あっけなく過ぎた十年も、道代には永い歳月であったかも知れぬ。変則的な矢吹ひとりのホテル暮しだけでも、五年は越している。

「二人だけの旅行なんて、まるで新婚旅行みたいね」

浮々した声で続ける道代が、矢吹は急にいとおしくなった。

「京都ででも下りるか」

「下りるって?」

「一、二泊して、新婚旅行でもするさ。急ぐ旅ではなし、それに、永い間、おまえにも淋《さび》しい思いをさせたし」

道代はまっすぐ矢吹を見つめて、

「うれしいわ。でも、何だか変な気がする」

「何が……」

「あなたがそんな風におっしゃるなんて……。まるで人生が終ったみたい」

「サラリーマンが会社をやめれば、人生は終ったようなものさ」

「ほんとうに終ったのかしら」

矢吹は、答えを避けた。

妻に必要以上の情報を与えない。億劫《おっくう》であるし、それが男としてのけじめでもある。

道代は、なお矢吹の言葉を求めるように言った。

「終ったとすれば、早過ぎるわね」

「うん」

矢吹は気のない返事に逃げた。

矢吹には、終ったというより、ひとつの新しい生活のはじまりという感じが強い。しかし、その感じを説明するのもまた、億劫であった。

窓の外では、茶畠が尽き、広々した田園風景がひらけていた。緑一色の中に、いくつかの工場が点在している。その中には、華王紡の工場のひとつも見えてくるはずであった。

だが、矢吹は強《し》いてそれを探し見ようとはしなかった。未練をすててというより、いまはまだ未練が湧《わ》かなかった。

矢吹の実家は、高松の素封家で、兄は船具漁具の会社を営んでいる。帰れば、さし当っては、その兄の事業を助けて暮す予定であった。矢吹の長男は、京都の大学へ行っている。高校生の次男は、親類の家へ預けた。白いジャガーは友人に買ってもらい、吉祥寺《きちじようじ》の小さな家は、知人に貸した。

中途半端《はんぱ》とも見えるそうした形での夫婦二人だけの帰郷は、和戦両様の構えともいえた。必要があれば、いつでも行動を起し、都に攻め上ることができる――。

通路を通りかかった男が、矢吹を見て、はっとしたように立ちどまった。浅黒い顔、濃いサングラスをかけていた。

男は、そのまま顔をそむけて通り過ぎようとしたが、矢吹が目ざとく見とがめ、呼び止めた。隼《はやぶさ》であった。

隼は観念したようにサングラスをはずし、笑顔をつくった。

「御夫婦で、どちらへお出かけで」

とぼけて訊《き》いてくる。矢吹はとり合わず、押し殺した声で言った。

「今後、藤堂会長のところへ出入りするのは、やめてもらいたい」

「おやおや、何を言われます。わたしは、もうここ一年、藤堂さんにお目にかかって居《お》りませんよ」

また、しらばくれて言う。

矢吹は、構わず声を強めて言った。

「会長は、繊維関係から離れられた。あなたには、一切用のない身だ。そのことを忘れないで欲しい」

「はいはい」

隼は、大きくうなずいた。ついでに、矢吹は訊いた。

「あなたはどこまで」

「名古屋です。ちょっとお伊勢《いせ》さんへ詣《まい》って来ようと思いましてな」

隼は、すらすらと言った。矢吹もとぼけて受けた。

「それは信心深いことだ」

名古屋には、三河絹糸の本社工場がある。そこに行くにちがいないと、直感で思った。

「それでは……」

隼は、腰低く会釈《えしやく》して去って行った。

「おかしなやりとりね」

間を置いて、道代が言った。

「なぜだね」

「あなたこそ、会社を離れた身でしょ、それなのに、あんな風に命令して」

「……命令じゃない。たのんだんだ」

「同じことよ。でも、あの人、素直に聞いてくれたわね」

「あれは、ああいう男なのだ。何でもうなずく。そのくせ、何も聞いてやしない」

矢吹は、急に三河絹糸のことが気がかりになってきた。

藤堂を非繊維担当の会長に棚上げしたのは、三河絹糸からできるだけ早くスマートに手を引くためである。それが新社長である大牟田の第一の仕事でもあるはずだが、隼あたりがいぜん暗躍していては、正論派の大牟田の手に負えない。

矢吹は腰を上げた。

「ちょっと、電話してくる」

「どちらへ」

「東京だ」

東京支社には、矢吹の腹心の若手が何人か居る。隼の動きを監視させるのだ。

「あなた、まるでまだ会社に居るみたい」

道代は、矢吹を見上げて笑った。

矢吹は小さくうなずき、電話室のある車輛《しやりよう》めがけ、隼の入ってきたのとは逆方向に歩いて行った。

〈そうだ、おれはまだ会社に居るのかも知れぬ。心は会社を離れられない。会社を動かすおもしろさが忘れられない。ちがいは、会社の中に居るか、外に居るかだけなのだ〉

大股《おおまた》に歩きながら、矢吹は口もとに微笑をにじませた。

秋田から戻《もど》った新社長の大牟田に、藤堂がいきなり言った。

「あなた、この社長室をお使いなさい」

「しかし、社長、いや、会長」大牟田は、あわてて言い直し、「会長は、ここにそのままおいでになって下さい」

お義理にではなく、声を強めて言った。

英国製のウォルナットの椅子《いす》、マホガニーのデスク。壁には年代を経たタペストリイがかけられ、カーテンは西陣織。社長室というより、宮殿の一室といった荘重なつくりである。隅々《すみずみ》まで藤堂の貴族趣味が浸《し》みこんでいて、大牟田は息がつまりそうであった。

藤堂は、首を横に振り、さとすように言った。

「華王紡の社長は、伝統ある華王紡社長室に納まるべきです」

「でも、会長は……」

「ぼくは、役員応接室のひとつを使うことにしました」

そう決めただけでなく、すでに書類や本などは運び出してあった。

「しかし、あの部屋では……」

大牟田が恐縮すると、

「いや、当座のことです。ぼくは、この上に会長室をつくりますから」

藤堂は澄まして言った。うむを言わせぬ口調でもあった。

「この上?」

大牟田は、天井を見上げた。

ゴブラン織を貼《は》った天井は、頭上に鈍く琥珀色《こはくいろ》に光っていた。ただでさえ息苦しいのに、この上に会長室をつくるのか。それは会長の一存で決められることなのか。

大牟田は、うんざりし、少し腹も立ってきた。

だが、藤堂は、そうした大牟田を無視して言い足した。

「基礎のしっかりしたビルですから、あと二、三階継ぎ足しても、大丈夫です。もっとも、今度つくるのは、ぼくの部屋だけですが」

社長室の上につくる会長室。艦長より一段高い艦橋を設けて、艦隊司令官がその上に立つようなものである。それは、君臨する藤堂の立場を、誰《だれ》にもわからせる象徴的な構造となるはずであった。

言うだけのことを言うと、藤堂はその社長室を出た。大牟田と相談したり話し合ったりする気はなかった。

そのことに限らず、藤堂は、できるだけ一存で事を運ぼうと思う。代表権を持つ大物会長である以上、それが許される。

記者会見の結果は、藤堂の作戦通りとなった。世間は、業務発展のため一段と高いところに立つ会長という印象を持った。その大物会長としての演技を、どこまでも全《まつと》うして行くことだ。おとなしく隠居する気など、さらさらなかった。

藤堂は、機敏に情勢を読んだ。一度は不意を討たれたが、立ち直った上は、敵の手を百パーセント逆用して、復権をはかるつもりであった。

さし当って藤堂が担当するのは、化粧品・婦人服・薬品・食品など、ダイヤモンド計画の名で呼ばれる広汎《こうはん》な非繊維部門の発展である。

それは、華王紡の仕事としては、もちろん主流ではない。敵は隠居仕事として、この非主流の仕事を与えた。玩具代《おもちやがわ》りにいじって居れというねらいである。

藤堂は、その玩具にとびつくことにした。だまされた恰好《かつこう》で、いそいそと取り組んで見せる。ダイヤモンド計画の名にふさわしい派手な宣伝もする。

幸い、繊維全体が不振のため、非繊維担当ということは、会社の活路を切り開く仕事という印象を与えるし、事実、その可能性もある。

世間の耳目を集めておいた上で、藤堂はその可能性に挑戦《ちようせん》する。とくに、化粧品に賭《か》ける。

化粧品は、戦後間もなく子会社の華王化成にはじめさせ、軌道にのったところで、強引に華王紡にひきとったといういわくつきの部門である。すでに市場をつかんでいるだけに、宣伝と販売のやり方しだいで、大きく発展させ得る見込みがあった。

成績を上げてしまえば、藤堂の勝ちである。利益留保をあげて繊維部門に注《つ》ぎこみ、主流の業務も、手の中に納める。そのときには、社長以下は有名無実、藤堂ひとりの華王紡となるはずであった——。

藤堂が謀反《むほん》に遭ったのは、これがはじめてではなかった。

藤堂が社長に就任して二年目、最初の謀反のきざしがあった。番頭役の副社長が派閥をつくり、藤堂追い出しをはかっているというのだ。

藤堂は副社長を斬《き》ることにしたが、実はそれは反副社長派の策謀によるものであった。副社長は硬化し、藤堂に抵抗した。本気になって、藤堂排斥に転じた。キャリヤのある副社長を支持する銀行家や財界人も少なくなかった。

若い藤堂としては、思いもかけず、斬るか斬られるかの破目に立たされることになった。

藤堂は戦った。まんまとだまされて戦いの場へひき出されてしまった形であったが、戦う以上、勝つ他《ほか》はない。

社長になって間もない藤堂と、その副社長では、力は伯仲していた。藤堂は、利用できるものは、片端から利用した。マスコミの操作をおぼえたのも、このときであった。

副社長側は善戦し、藤堂もねばりにねばった。その結果、藤堂は辛《かろ》うじて勝った。副社長は去り、同時に藤堂は、副社長派と、藤堂を罠《わな》にかけた反副社長派の双方の重役を馘首《かくしゅ》し、役員をほとんど入れ代えた。

それが藤堂による恐怖政治のはじまりというが、ほんとうの恐怖を味わわされたのは、むしろ藤堂の方であった。

その後も幾度か謀反の危険があり、藤堂は根気よく、その芽をつみとらねばならなかった。

謀反の可能性を封じるには、他の重役との間に力の開きをつけておくことだ。逆にいえば、力をつけた重役は、危険な存在であった。藤堂ひとりにとって危険なだけでなく、会社を危うくしかねない。重役たちの多少の有能さより、謀反によるマイナスの方が、会社にははるかに大きな実害をもたらす。藤堂は、会社のためにも、強大なワンマンとして君臨する必要を感じてきた。

しばらくして、大牟田が社長室を開放し、秘書を通さず誰でも自由に社長室へ出入りできるようにしたと聞いて、藤堂はひとり笑った。

民主化とか、明朗化とかいうが、藤堂はそこにトップとしての器のちがいを見る気がした。

社員にべたべたくっついている従業員まがいの経営者が多い世の中だが、トップはあくまでワンマンであるべきである。たとえ大株主でなくとも、オーナー意識を持って君臨すべきである。社員に乗ぜられる隙《すき》を与えてはならない。家族主義経営とは、強大な家長を中心とした秩序があってこそ、成り立つ。悪平等から強力な経営は生れない。

月に一度の役員会で、藤堂は、その「秩序」を押し通した。従来通り、議長もつとめた。代表権を持ち、取締役会長である以上、文句を言われる筋はなかった。

折角、藤堂を棚上《たなあ》げしたというのに、役員会の空気は変らなかった。どの役員も、積極的に発言しようとしない。

新社長の大牟田は、無色無欲を心がけるだけに、とくに自分の意見を打ち出さない。むしろ、全体の意見をとりまとめようとするのだが、発言が少なく、しかも議長が藤堂とあっては、役員会では手持無沙汰《ぶさた》である。

専務の島は、社長交代劇で自分の任務は終ったという顔で、元気もない。

社長、専務がそうであるから、他の役員たちも、議論に熱が入らなかった。

従来の役員会で、少しは議論の種になった非繊維部門についても、それが藤堂の担当となってからは、かえって不可侵の聖域のように見なされ、誰もが言及を避けるようになった。

役員会は、事務的に運ばれるだけで、審議らしい審議はなく、たまにあっても、藤堂にお伺いを立てるような形に終った。

藤堂は、こうした情勢に乗じ、積極的に非繊維部門、とくに化粧品部門への投資を拡大して行った。まず、消費者の嗜好《しこう》調査、需給見通しなどのマーケット・リサーチをやり、その結果、売上・利益とも、半年で五割増、一年で倍増という目標を立てた。化粧品工場に直ちに増産にとりかからせ、同時に、各営業所に売上目標を指示した。目標未達成者は相応の処分をするという通告も忘れなかった。

藤堂に在るのは、力の意識、そして、秩序の意識であった。「売ってくれ」「売ろうではないか」では、社員は動かない。「売らねばならぬ」という線で押し通した。

それに、これまで化粧品関係は、華王紡内では非主流で、冷飯組の感じがあったが、藤堂が担当することで、その感じを清算、華王紡の新しい主流として、奮発するはずであった。

藤堂は、目標達成に自信を持った。マスコミとの接触をはかり、さかんにダイヤモンド計画をPRした。

マスコミを眩惑《げんわく》しようとつとめている中《うち》、藤堂は自分自身眩惑され出した。大物会長として、きらめくダイヤモンドの光にまぶされている自分の姿を意識するのであった。

ただ、藤堂は相変らず孤独であった。腹心である矢吹を失い、孤独はかえって深まった。

妻の居る鎌倉《かまくら》の家は、藤堂には存在しないも同然であった。毎日夜おそくホテルへ帰り、書類に目を通し、新しい外国文献や本を読む。会社に捧《ささ》げた生活である。たまには、ホテルのバーへ出て、ひとりナポレオンをのむ。毎夜、眠りが来るのは、おそかった。

誰もが家で家族とともに床についている時間、藤堂は会社の明日を考えながら、ホテルの部屋の中を往《ゆ》きつ戻りつしている。

ときどき、藤堂の眼《め》は、灰色の電話機の上にとまる。

電話の鳴ることはなかった。藤堂からかけることも、めったにない。いちばんの話相手であった矢吹が居なくなったためだ。

頻繁《ひんぱん》に矢吹を呼んだくせが抜けず、藤堂は書類を読み疲れたり、考えごとに行きづまったりすると、つい、電話に手をのばしている。

自分の姿を見るのに鏡が必要なのと同様、自分の考えをたしかめるためには、腹心が必要であった。腹心が居ないのは、不便であった。それに、矢吹が下から吸い上げてくる情報も欲しいし、矢吹を通して、力ある社員をつかんでおきたい。

その肝腎《かんじん》の接点を失ってしまった。代りの接点がたやすく得られるとは思わない。

矢吹もクーデターを企《たくら》んだ一人だというが、それは、藤堂に大物会長への花道を用意することであった。いまの藤堂にしてみれば、矢吹に裏切られたという思いはうすい。

藤堂は、矢吹の辞意を一度は翻意させようとした。だが、矢吹は、

〈藤堂以外のトップに仕える気はない〉

と言って去って行った。嬉《うれ》しいせりふであった。矢吹は、最後まで藤堂の腹心であろうとしていたのだ。

藤堂は、矢吹との接触を考えた。ただ、矢吹を正式に呼び戻すためには、名実ともに藤堂が華王紡のワンマンに復帰してからでなくてはまずい。大牟田社長が邪魔であった。

その意味では、大牟田を除くということで、藤堂と矢吹の利害は一致するはずである。どうして大牟田を除くか。その具体的な策略は、矢吹の仕事であって、藤堂の考えることではない。藤堂としては、まず、ひそかに矢吹に呼びかけることである――。

藤堂は、ひとしきりホテルの部屋の中を歩き廻《まわ》った後、ようやくひそかな一つの目安を得た思いで、睡眠薬を多目にのみ、ベッドに横になった。

矢吹は、ライトバンをとばし、瀬戸内海沿いの四国の町々を廻っていた。秋の日の照り返しは強く、腕などは赤銅色《しゃくどういろ》に陽焼《ひや》けし、たくましい感じになった。

ただ、漁具・船具の商売の方は、おもわしくなかった。子供のころとちがって、海はすっかり汚れていた。どこへ行っても、褐色《かっしょく》に濁った水や、廃水の泡立《あわだ》つ海があった。ビニールがスクリューにからんで、立往生している船もあった。

戦前まで矢吹の家は、数隻《せき》の機帆船を持つ船主であった。

ただ、矢吹の祖父も父も、船主として、のんびり陸の上であそびくらしているというタイプではなく、船にのった。

「じっとして居れん。あの衆たちだけ、働かせてはおけん」

と、いいながら。

ふつうなら、船頭たちにいやがられるところだが、歓迎された。そうした一種の運命共同体的な雰囲気《ふんいき》が、早くから、矢吹家のまわりにあった。

船頭は船主の家では縁側にも腰掛けられぬとされた時代であったのに、矢吹家では、船頭たちを座敷に上げ、車座になって酒をくんだ。正月など、船頭やその家族が五十人あまりも集まり、広い屋敷も足のふみ場もなくなるほどであった。

「命がけで働いてもらって居る。生きるも死ぬも、たのしみも悲しみもいっしょじゃ」

汐《しお》やけ酒やけで赤くなった顔をほころばせ、祖父や父は得意そうに話したものだが、その言葉どおり、祖父も父も、時化《しけ》に遭って、持船とともに沈んだ。

二代続けて悲しみにひしがれた矢吹家の女たちのねがいで、矢吹の兄は、戦後は船具商に転じた。船腹不足の折はまずまずの商売であったが、漁船・機帆船ともに大型化し鋼鉄船化するにつれ、仕事は頭打ちになっていた。

商売の桁《けた》も小さい。華王紡時代に比べれば、小人の国に来て、ままごと遊びをしている感じである。

矢吹が車で廻る町々の中には、今治《いまばり》・川之江《かわのえ》・丸亀《まるがめ》と、三つも華王紡の工場があった。

どの工場にも、矢吹の顔見知りが工場幹部や組合幹部となっているはずであったが、矢吹は工場の前を、いつも素通りした。

例外としてただ一度、矢吹は、今治工場の裏手にライトバンをとめ、しばらく工場と海を眺《なが》めていたことがあった。その今治工場は、矢吹が新入社員として赴任し、労務係、それに女子工員寮の寮長として三年つとめた思い出の工場である。

夕日が西の近見山《ちかみやま》に沈むところで、海は淡い朱色に染まっていた。

今治工場は、川崎工場閉鎖後では、華王紡の最も歴史の古い工場になっていた。構内は広く、老桜の並木が続いている。満開のときには市民に開放され、町ぐるみの花見でにぎわうところである。年代を経た赤煉瓦《あかれんが》の建物が、ここも川崎同様、残照を受け、ほんのり血の色を帯びて美しかった。

五万錘《すい》の設備を持つこの工場のできた明治二十五年、日本全国の紡績工場四十一、紡績設備四十万錘、だが続いて、日清《にっしん》戦争と、その後の好況を迎えて、日本の綿業は大幅な飛躍期に入り、五年後の明治三十年には、七十三工場、百七十万錘と、一挙に四倍余の急膨張を示し、綿業立国といってよいほどの日本資本主義の体制固めができた。

華王紡今治工場は、その意味では、これも、一里塚《いちりづか》的な、記念碑的存在といえた。

工場のはるか先、夕映えにかすむように、今治の港が見えた。別府航路の大型客船が入港している。

戦前、藤堂の父幸有が社長のとき、今治工場へ視察に来た。桜が満開のときであった。工場幹部の引見に手間どり、幸有が港に着いたときには、すでに神戸向けの帰りの定期客船が岸壁を離れた後であった。

藤堂幸有は、無電でその船を呼び戻《もど》させた。そして、幸有の指示通り、大きな汽船は船首を廻《めぐ》らして岸壁に戻ってきた。

船客たちは、文句を言うどころか、大華王紡の社長と同船できたことを光栄に思い、話の種にし合ったという。

幸有は、鉄道で旅行するときは、一等車を一輛《りよう》借り切るのが常であった。華王紡社長なら、それができ、世間も許した。

華王紡こそ、王道を行く会社であった。歴代社長はじめ社員工員の一人一人にまで、中華思想が浸《し》みこんでいた。その昔日《せきじつ》の栄光が、夕映えの今治工場のたたずまいには残っていた。

矢吹が住みこんでいた木造の寮の建物は、四階建の鉄筋に変っていた。そのまわりの桜並木も、矢吹が居たころに比べ、ひとまわり緑のかげが濃くなっている。

裏門からブルーバードが出てきた。そのまま行きすぎようとしたのが急停車し、中から小柄《こがら》な男がかけ寄ってきた。

「矢吹さんじゃありませんか」

かつて矢吹の下で組合役員をつとめ、いまはその工場の次長をしている男である。

「矢吹さんも水くさい。なぜ声をかけて下さらないのですか」

「……いまわたしは華王紡の人間じゃないからね」

「わかっています。それでも、こうして訪ねて来られた以上は」

次長はそういってから、距離を置くようにして矢吹を見直し、

「それとも、矢吹さんは、ひそかにこの工場の値ぶみをされていたのですか」

「値ぶみだって」

「そうです。ここは老朽工場だから、川崎に続いて売却しようとして」

矢吹は首を横に振った。

「とんでもない。わたしは虚心坦懐《たんかい》、それに懐《なつ》かしさにかられて眺めていただけだ。それにしても、そんな風に見られるとは、不徳のいたすところだ」

「藤堂さんや大牟田さんが、この工場を売れというなら、われわれは徹底的に反対します。しかし、矢吹さんが売れというのなら、考えてもいい」

ひとり合点で話を進める次長に、矢吹は苦笑しながらも、その話にのった。

「どうしてだね」

「藤堂さんや大牟田さんには、長期的な見とおしがない。思いつきで犠牲にされる心配があります。しかし、矢吹さんが本気で売ろうといわれるなら、必ず長期的な展望があり、運命共同体の中での位置づけをした上での決断だと思うからです」

「どうもありがとう。いまのぼくにその力がなくて残念だが」

「矢吹さんは復職されないのですか」

「別に。復職するとかしないとか、小さなことだ」

「しかし、やはり会社のことは考えて居《お》られるのでしょう」

「もちろん」

矢吹はうなずいた。

「わからんなあ。やめた会社のことを心配するなんて、ナンセンスじゃありませんか」

「華王紡は、わたしのロマンだからね」

次長は黙った。矢吹の言葉の意味を考えているようであったが、ふいとその表情を明るくし、

「ロマンといえば、先日、柳光子女史が工場へ立ち寄られました。この町の文化講演会に来られたのですが、工場が懐かしいから、ぜひ見学させて欲しいと。見学しながらも、矢吹さんのうわさのしどおしでした。『ここの講堂で矢吹さんに攻め立てられた』『ここに在った寮で矢吹さんに泣かされた』などと。それがいまはとても懐かしそうで、まるで初恋のひとの話をしているという感じでした」

「………」

「柳さんとは、はげしい争いだったようですね」

「お互いに若かったから。純粋で、譲ることを知らなかった」

柳光子は、婦人社会運動家で、東京の女子大の教授。テレビや新聞にもさかんに出て、革新政党では参議院議員に推そうとしている女傑である。

矢吹が今治工場に在勤中、女子大を出たばかりの柳が、女子工員のための学院講師兼寮母として赴任してきた。女子大出を寮母兼教師として採用するというのは、いかにも藤堂らしい思いつきであった。

ただ、柳は知性だけでなく、階級思想を吹きこんだ。

アイドルの言葉だけに、少女たちは、たちまちその思想に染まった。寮生活の民主化という要求からはじまって、やがて寮そのものがセツルメント化しそうな勢いになった。

労務係としては、黙って居られない。矢吹は、運命共同体論をひっさげて、立ち上った。少女たちに説き、柳光子とは、少女たちの前で幾度となく対決し論争した。

「運命共同体」という言葉は、柳光子にしてみれば、身ぶるいするほど、のろわしいものであった。

それは悪《あ》しき日本主義であり、ファシズム的発想でもある。戦争が終ったというのに、何という時代錯誤、そして保守反動の思想を唱える若者かと、矢吹めがけて闘志をむき出しにした。

それにまた、運命共同体論とは、つまりは会社擁護の御用組合論ではないか。もっともらしい美名でカムフラージュして、会社に都合のいい人間集団にしようとする陰険な謀略とも見た。

いずれにせよ、柳光子にしてみれば、一歩も譲れぬ議論である。

これに対し、矢吹は反駁《はんばく》した。

〈運命共同体とは、全体主義とも、御用組合とも関係がない。日本という国を個にばらし、個の確立の上で個の選択によって、運命共同体を形づくる。発端は個の選択であり、ねらいもまた、集団による個の幸福の確保である。人間が個人で生きられぬ以上、同生共死の強いきずなで結ばれ、互いの力を相乗し合って生きることが望ましい。運命共同体は、言葉は古いが、新生日本にふさわしい新しい理想的な集団の生き方である〉

論戦の中で、矢吹は経営者の在り方についてふれ、経営者もまた一個の構成員に過ぎない。集団にとってマイナスであれば、集団の力で除くべきだという発言もした。

少女たちは、まっ二つにわかれた。それぞれ熱狂的なファンとなり、シンパサイザーとなった。

会社にとっては、好ましくない騒動であった。抗争そのものも看過できないし、両者の論戦の内容も危険である。

だが、矢吹が感謝したいのは、当時、今治工場長をしていた島が、この論戦に対し、中立の姿勢をとり、見て見ぬふりをしていてくれたことである。

それは、事なかれ主義からではない。新聞などにもさわがれ、工場長としては収拾能力を問われかねない事態であったのに、島は目をつむった。

つぶすのはやさしいが、それでは問題を中途半端《はんぱ》にし、二人のためにも、また少女たちのためにもならない。若い二人にとことんまでやらせて結論を出させようという肚《はら》であった。

島は辛抱強く、最後まで口出ししないで見守った。矢吹はそうした島に、「耐える」というタイプの経営者の姿を見た。

二人は、少女たちを率い、はげしい衝突をくり返した。

「おれもやめる。きみもやめろ」

と、迫ったこともある。

だが、そうしてやり合う中に、若い二人は互いに相手を理解し、ほのかな感情を持つようになった。

それは、ひとつには、互いに相手の私心の無さを見たためでもある。身を賭《と》して、純粋に、まじめに考えようという姿勢が、思想では争い合いながら、心の距離をせばめて行った。

少女たちは、二人の姿をよく落書の材料にした。

ポパイの漫画のブルートのような体に、ふっくらした丸顔の矢吹と、同じくオリーブのようにやせた体に、きゅうりのように長細い顔をした柳光子は、漫画に書き分けやすい容姿であった。

二人がとっくみ合いをしている漫画が多かったが、その中に、二人を相合傘《あいあいがさ》に入れている漫画があった。感じやすい少女の中に、自分の心の動きを見抜く者が居たのかと、矢吹はぎくりとする思いがした。

抗争は、矢吹の勝ちに終った。

柳光子は会社を去ったが、そのまま、今治にとどまり、日傭《ひやとい》労務者になった。ただ、二度と工場へ姿を見せなかった。

まもなく矢吹は転勤で本社へ戻ることになり、柳光子のニコヨン姿を見ることなく、今治を離れた――。

次長が言った。

「柳女史は、『今日あるは、矢吹さんのおかげだ』と、くり返し言っていましたよ」

夕映えに眼《め》を細めながら、矢吹は苦笑した。

「春秋の筆法を以《もっ》てすれば、そうかも知れない」

柳光子が論壇にデビューしてから、矢吹はいくつかその論文を読んだ。観念論的なくさみがなく、生活の実感のにじみ出たよい論文だと思った。ニコヨン生活に身を投じるほどの捨て身な生き方の中から、彼女は彼女なりにたしかな収穫を得たようであった。

ただ、矢吹は、その後、柳光子に会うことも、手紙を書くこともない。

矢吹は、知人の書いたものが目にふれると、すぐペンをとって、こまめに感想を書き送ることにしていた。知合の記者が毎週、コラムを書けば、矢吹は毎週その批評を書き送った。

それは、矢吹自身の勉強になり、また社外に矢吹の強力な支持者をつくることになった。

それほど筆まめな矢吹だが、柳光子宛《あて》には、ついぞペンをとれないでいる。

船の汽笛がきこえた。

夕凪《ゆうなぎ》の瀬戸内海を、何隻もの船が、射的の標的の動きのように、ゆっくり行き交っていた。

抗争の最後の段階で、そうした夕映えの海を眺めながら、矢吹は柳光子と二人だけで激論し合ったことがある。

柳は泣いた。敗北と、そして別離を予感した涙であった。

少女たちは、寮の窓に鈴なりになって見守っていたが、誰《だれ》も近づかなかった。

一時間ほどしたとき、ふいに工場長の島が構内巡視の恰好《かっこう》で現われた。

「どうだね。いっしょに食事をしないか」

島は弱々しい声でいった。ついに見かねて出てきた顔であった。それは、島のはじめての干渉でもあった。

「いえ、結構です」

涙をふり払うと、柳光子は、きりっとした声でいった。

「そうかい」

島はつぶやくと、そのまま、岸壁の上の道を長い影をひきながら、立ち去って行った。

矢吹はその後姿に、また「耐える経営者」を見た。

いまの華王紡には、あの「耐える経営者」が必要なのに、その島に逃げられた。藤堂は「攻める」タイプであり、大牟田は「君臨する」タイプである。足もとに火がついているとき、「君臨する経営者」では間に合わない。それよりは、まだしも「攻める」タイプがいい。

矢吹は、自分がもし経営者になるなら、「行動する」タイプの経営者になりたいと思う。「行動する」とは、「攻める」だけでなく、「耐える」ことも、ときに「逃げる」こともふくめる。幅の広い、ムシのいい考えだが、「君臨する」というイメージだけはない。

矢吹の運命共同体論の根底には、必要に応じて経営者を選び分けるということを考えている。経営者は絶対的存在でなく、手段である。さまざまのタイプの経営者が協同し、交代して、共同体を維持発展さすべきである。

自分以外を一律に排除するような藤堂の生き方は許せない。だからこそ、矢吹は藤堂を棚上《たなあ》げし、「耐える」島と代えようとしたのだ。

クーデターの打撃から、藤堂は少しは反省し教訓を得たことであろう。となると、いまは一刻も早く、次善の策として、「君臨する」大牟田を斥《しりぞ》け、「攻める」藤堂をカムバックさせるべきである。

そのことが、柳光子との思い出に包まれた青春の理念に忠実な道でもある。

〈自分の復帰云々《うんぬん》でなく、藤堂のカムバックを。それが自分のロマンだ〉

と言ったのは、その意味であった。

道をふさいでいる二人の車に向って、通りがかりの車がクラクションを鳴らした。

はじめて気づいたというように、次長は矢吹の車に目をやった。

「おや、ライトバンですか」

矢吹は、ふっくらした顔を振って、うなずいた。

ジャガーからライトバンへ。しかし、これでは、ニコヨンになった柳光子に比べ、まだ身を捨てたことにならぬと思った。

また催促のクラクションが鳴った。次長は横に歩き出しながら、

「高松のお宅へ伺ってよろしいでしょうか」

「いつでも」

矢吹も、ライトバンの中へ戻った。

各工場や組合の幹部たちが、入れ代り矢吹の家へ話しに来た。中には泊りこみで話しに来る者もあり、栗林公園《りつりん》に近い矢吹の家は、梁山泊《りょうざんぱく》の趣があった。

矢吹は、客を歓迎し、歓迎しながらも、選別した。力があり、信頼できる男たち。そうした男には、矢吹の方からも声をかけた。

矢吹は体力に自信があり、徹夜してのむこともできたが、男たちとのつながりは、のみ仲間というのではなく、議論仲間とでも呼ぶべきものであった。かつて矢吹自身組合役員をつとめていたときもそうであったが、時間を尽して語り合う主義であった。

再建整備計画を進めるに当って、矢吹は島専務とともに、各工場を歴訪。島が工場幹部を、矢吹が組合幹部を口説いた。工場閉鎖や賃金カットを伴う整理だけに、とくに組合側との話し合いは難航したが、矢吹はねばりにねばって説得した。

「一割の首切りの代りに、一割の賃金カットをのんでくれ」矢吹は、華王紡の経営実態を洗いざらいぶちまけて、訴えた。相手がうなずくまでは、何時間でも何日でも説き続けた。あまり延々と議論が続くので、泊り先の宿の女中が心配して、番頭を連れてのぞきにきたこともある。

秋も深まったある日、丸亀工場に出張の内田が、丸亀の組合幹部といっしょに、矢吹の家へやってきた。

酒が進むにつれ、再建計画がたけなわのころの話が出た。

「あのときの熱っぽさが懐かしい」

組合役員の一人が言った。

「いまは化粧品の連中が、熱っぽいようだ」

と、他《ほか》の一人が受ける。

「いや、熱っぽいのじゃなく、蒼《あお》ざめている」

内田が口をはさんだ。

「会長がいっしょうけんめいだからね。担当者としては、首くくる覚悟で売らなくちゃいかんだろう」

「いつまで続くことか」

「続けざるを得ないさ。化粧品は増産につぐ増産を続けているから」

矢吹が、話題を変えて内田に訊《き》いた。

「大牟田社長の評判はどうだね」

「悪くはない。いばらないし、策略ということがない」

「挨拶《あいさつ》を聞いたが、仏心とか何とか、禅坊主《ぜんぼうず》のような話でした」

と、組合幹部。大牟田社長は、つい最近、四国の各工場を一巡していた。

内田がひきとって、

「仏心では経営はできない。阿修羅《あしゅら》の心にならなくては。そうですね、矢吹さん」

矢吹は答えず、盃《さかずき》を口に運んだ。内田は続けて、

「大牟田社長を慕う連中も出てきています。大牟田派と呼ばれる派閥ができるかも知れない」

矢吹は、眼をぎょろりと動かした。

「経営は、仏心でもなければ、人格でもない。大牟田さんは、社長として何をやったかね」

「何も……。大牟田さんにしてみれば、まず人心を収攬《しゅうらん》し、しばらく様子を見た上でと、考えて居られるのでしょう。それに、ちょっと、とまどい気味でもある。親分のためには水火も辞せぬという人だが、自分が親分になってしまって、はて、どうしたらいいかと」

矢吹は首を横に振った。

「ぼくには、政策のない社長というのは考えられない。サラリーマンなら、誰だって、一度は社長を夢見る。まして重役になっていて、社長としての政策を夢見なかったとは」

「しかし、これまでのうちの社では、藤堂さん以外の社長は考えられなかった。大牟田さんは、ただりっぱな女房役になり切ろうと……」

内田の話を、矢吹は遮《さえぎ》った。

「ぼくは、可能性というか、理想のことを言っている。共同体に生きる以上、共同体に対する夢があるはずだと。社長になろうとなるまいと、夢なしでは生きられない」

「それは、大牟田さんだって。ただ、その夢を……」

「トップに近づけば、共同体への夢が常に政策の形で考えられていいはずだ」

「相変らず矢吹さんはきびしいな」

幹部の一人が茶々を入れたが、矢吹はまじめな顔で続けた。

「社長になったら、電光石火、その夢である政策を実行する。ひとに立ち直る隙《ひま》や、邪魔する隙《すき》を与えない」

「しかし、いまは無策の策が必要な時期じゃないですか」

「戦前の華王紡なら、そうしている余裕はあった。だが、いまは一日食わなければ、斃《たお》される時代だ」

「食うためには、会長が夢中になってやって居《お》られます。大牟田社長までが走り廻られたのでは……」

「走るだけでなく、ときには、走ろうとする足を切るのも、トップの仕事だ」

誰も黙った。部屋の空気が、一瞬、はりつめた。

矢吹は、口調を変えずに言った。

「大牟田さんは、会長にどんなブレーキをかけているのかね」

「会長にブレーキをかけられる人は居ませんよ」

「ある。いや、会長に代るべき人が居る」

内田が毅然《きぜん》とした声で言った。

「誰が……」

組合幹部たちは、半信半疑で内田の顔を見る。

内田は、ゆっくり、顎《あご》で矢吹を指した。

「冗談じゃない」

矢吹は苦笑したが、その眼は笑っていなかった。

「われわれの中から社長を出していけない理由があるのか」

内田は、一同を見渡して言った。

「自画自讃《じさん》するようでおかしいが、われわれは、紡績が日本経済のホープだった時期に、はげしい競争に打ちかって入社してきた。いわば、エリートぞろいだ。能力や才能に不足はないはずだし、それに、この会社に賭《か》けてきた。われわれのロマンである華王紡のために、どれほどの汗とあぶらと智慧《ちえ》を出してきたか知れん。われわれの代表者が社長になったからといって、少しもおかしくはない」

「しかし、若すぎる」

つぶやく矢吹に、内田は向き直った。

「若いことこそ、むしろ、これからの社長の適性でしょう。もともと社長は激務激職ですし、これからの時代のはげしい変化に対応するためにも、若さが必要です。現にアメリカでは四十代、いや三十代の大会社の社長も珍しくないでしょう」

にが笑いして聞き流している矢吹に、酒の廻った内田は詰め寄った。

「これは、何も矢吹さん個人が社長になるということではありません。あなたに象徴されるわれわれ若手が、運命共同体の若返りのために登板するということです。……現場の空気は、藤堂さんには、もう飽き飽きしています。いつか川崎工場での役員会のとき、藤堂さんは組合の出迎えがなくて不満そうでしたが、あそこで組合に出迎えをたのんだら、一騒動起るところでした。従業員たちは、握手にも飽きています。だいいち、いまだに握手で組合をつかめるなどと思っている経営者がおかしい」

「藤堂さんは、握手以外にわれわれに何をしたのかな」

と、組合幹部の一人。

「そうだ。それに比べれば、矢吹さんは……。それに、藤堂さんがごきげんで握手して廻るまでに、矢吹さんがどれほど苦労して組合の空気を変えていたことか」

「昔話はよそう」

矢吹は眼を閉じた。

今治勤務の後、組合の執行部に入った矢吹は、運命共同体論で組合の方向転換にかかった。

過激な闘争第一主義が支配していた時代、一種の労使協調論である矢吹の主張は白眼で迎えられた。

矢吹は、柳光子を相手にしたときと同じ論争を全社の労組相手にひき起した。すでに論争のこつはわかっている。矢吹はときどき柳光子のことを思い浮べながら、じっくり議論を煮つめて行った。

柳光子との華麗な論争のうわさは、すでに他工場でも話題になっており、矢吹の話を聞こうと、講師に呼ばれることもあった。

矢吹の論旨は練り上げられており、論争では相手を圧倒し、ひとつまたひとつと、工場労組をおさえて行った。論理の綾《あや》だけでなく、熱意でも勝った。

こうして矢吹は、委員長でこそなかったが、華王紡労組を労使協調路線にまとめ上げ、さらに他社労組の切りくずしにかかって、全繊同盟の結成にまで持ちこんで行った――。

道代が酒の代りを運んできた。その後、ひとしきり運命共同体論をめぐって、話がはずんだ。

〈企業は、ふつう考えられるような利益協同体でなく、運命共同体である。従業員も経営者も、企業にその生涯《しょうがい》を預け、企業と運命を共にする。その運命はまた、構成員全員の手でかちとるものである。そこに、企業に対する忠誠心というより、共同責任論が生れる。共同体のプラスになるか、マイナスになるかだけが、構成員の価値基準になる〉

藤堂は、その家族主義経営を矢吹の運命共同体論で理論づけられたように考えている。錯覚である。

運命共同体論は、家族主義経営論と似て非なるものであり、厳密にいえば、労使協調を保証しているわけでもない。

運命共同体論は、何より両刃《もろは》の剣である。経営者は家長とちがって絶対でなく、ワンマンとか独裁者とかが許されるのも、それが共同体にとってプラスに機能する限りにおいてである。戦後久しく、藤堂はそのように機能した。

戦前の最盛期に千五百万錘《すい》にまでふくれ上った日本の紡績設備は、戦争によるスクラップ化と戦災のため、終戦時には、わずかに三百万錘にまで減少していた。トップメーカーである華王紡も、戦前の百三十万錘から十八万錘と、明治半ばの規模にまで逆戻りしていた。

戦後、各社こぞっての急速な再建と増設競争がはじまった。華王紡は、その競争の先頭を切って走った。社長の藤堂が、王国の復興を夢見る「攻める」タイプの経営者であったからである。

その上、藤堂には、別の大きなメリットがあった。人手をくう紡績業では、労使間の安定が経営の前提条件である。伝統の温情的な家族主義経営を打ち出した藤堂社長の華王紡では、他社に比べて争議の発生も少なく、それが矢吹の運命共同体論にひきつがれることによって、いっそう安定したものになった。

ただ、戦前とちがい、拡張を続けたのは、華王紡など十大紡だけではなかった。新紡・新々紡と呼ばれる各社が戦列に加わり、さらに無数の闇紡《やみぼう》が乱立した。

昭和二十二年、ＧＨＱは戦後日本の紡績設備を四百万錘まで復活を認めるという方針をきめたが、朝鮮動乱前後から糸へんブームが起り、昭和二十六年には、わずか一年間で二百万錘という増設が行われ、その年の末には総計六百四十万錘にまでなった。

これにより、ほとんどゼロ近くから出発した被服の消費水準は、二十七年に早くも戦前水準に戻《もど》り、同時に綿布・人絹・スフの輸出も世界第一位の地位をとり戻した。戦前七十年かかってたどりついた水準に、わずか七年で到達してしまったのである。しかも、なお増設は続き、三十年代には、その倍近い設備を抱えこむことになる。

このため、各産業がそろそろ高度成長期を迎えようというとき、紡績業界では戦前と同じ操短をくり返す破目になった。

それでも業界では、「綿紡の歴史は操短の歴史である」と達観し、深刻な危機感を抱く向きは少なかった。

「このままでは、ランカシャーの二の舞となり、斜陽化する」

と、藤堂ひとりが、しきりに警告した。

対策として、藤堂は自主規制無用論を打ち出し、業界の意向と真向から対立した。

戦後は自主規制したところで、闇紡などのもぐり操業が多く、操短が徹底しない。それよりは、自由競争を徹底的に行きつかせることにより、不採算単位の企業を大々的に淘汰《とうた》する。

その結果、千二百万錘中、四百万錘残ればよい。つまり、三分の二を整理に追いこみ、その設備を援助をかねて後進国に送ろうという強硬論である。四百万錘というのは、かつてGHQの指示した目標でもある。藤堂は逆の立場から、それを適正規模と見た。

業界の過当競争に加えて、化繊の進出があり、一方、中国などの海外市場を失い、さらに、後進国のいくつかは綿製品の輸入国から、自給国へ、さらに輸出国へ転じようとしている。そうした情勢の中では、操短による延命は延命にならず、業界全般の首をくることになると、言いはった。

暴論と言われたが、藤堂の見とおしは正しかった。

業界は、その後も十年近く、自主規制とその失敗をくり返して、斜陽の一途をたどり、ついに政府がのり出し、繊維新法によって強制的に設備の廃棄をはからねばならぬ破目に立ち到った。計画では二百万錘破棄だが、実現されたのは、百万錘。

このため、業界全体が慢性的不況の足枷《あしかせ》をはめられたままになった。

鋭い感覚と先見性。藤堂は、共同体の逞《たくま》しく、すぐれた指導者といえた。

だが、藤堂の正しかったのは、そこまでといえた。

戦後の繊維業界の活路は、綿スフ中心から脱皮し、ナイロン、ポリエステル、アクリルのいわゆる三大合繊をふまえた綜合《そうごう》繊維メーカーへと展開し、さらに化学会社へと発展して行くことも考えられる。

技術進歩がそうした多種多様な新繊維を次々と生み出し、一方、消費者も、綿スフに飽きて、新しく多彩な繊維へと嗜好《しこう》をひろげて行っていた。

藤堂は、こうした流れを見あやまった。綿紡のトップメーカーとしてのあまりにも華やかな過去の記憶が災いしたためもあるが、社内からの進言に対して素直に耳を傾けるひとでなくなったためでもある。

藤堂と最初に衝突した副社長が、ナイロン推進派であった。この副社長への反撥《はんぱつ》もあって、藤堂はナイロンに出るべき時期に、過去の繊維であるスフ増産のため、百五十億に近い設備投資をした。

華王紡がナイロンにのり出したのは、各社がいっせいにナイロン生産を軌道にのせてから、たっぷり二年はおくれていた。

アクリルについては、子会社のひとつが早くから国産技術の開発をはじめたが、不幸にして失敗、そのまま立ち消えになった。国産がだめなら、すぐに技術導入をしてというライバル会社の積極さが、華王紡にはなかった。

藤堂が独裁者であるために、ミスも大きくなった。しかも、誤った決定の度に、反対する重役たちの幾人かが犠牲になって去った。

藤堂は、冷静な判断だけでなく、感情的にも動き出した。意地になり、面子《メンツ》にとらわれた。三河絹糸への深入りなどが、その例である。それは、共同体の利益には関係のない行動であった。いや、共同体には、マイナスになった。

ワンマン社長であろうとなかろうと、共同体への貢献如何《いかん》によって、藤堂もまた位置づけられるべきである。藤堂棚《たな》上《あ》げ計画は、こうして起った。藤堂に対し、運命共同体論は、冷酷に作用した。

その意味からは、「主殺し」などという言い方も、実はおかしかった。共同体そのものに対する献身はあっても、その構成員の一人に対する忠誠心など、本来、あり得るはずがない。藤堂が中心でなく、共同体が中心である。藤堂をどこに置くか、藤堂にどういう役割を与えるかは、共同体の論理にもとづいて決めるべきである。

腹心であるとかないとかも、問題にはならぬ。矢吹としては、共同体の利益のために、腹心の役割をにない、腹心の仮面をつけてきた。共同体の中に居るより、外に出た方が、共同体の利益になると判断したから、会社を退いた。共同体のために、もう一度、腹心の仮面が必要なら、その仮面をつける心の用意もあった。

夜ふけて組合幹部たちが帰った後、内田ひとりが残って、暁方《あけがた》近くまで矢吹と話しこんだ。

会社内の新しい動きを、どう判断し、どう対処して行くか。巨大な運命共同体を操作するたのしみ——それは、男の生甲斐《いきがい》でもある。

会社の外に居ることも忘れたように、矢吹は熱心に話しこんだ。

第三章

その年の暮、藤堂《とうどう》は四国へ旅行した。

今治《いまばり》・川之江《かわのえ》・丸亀《まるがめ》の三工場を視察した後、高松に入り、ホテルのロビイで記者会見を持ち、「ダイヤモンド計画」をぶった。

宿は屋島《やしま》にとった。不眠症の藤堂としては、市中よりも郊外の静かな宿を希望したのだが、屋島泊りには、もうひとつ、目的があった。ひそかに矢吹を呼んで密談することである。

宿の窓からは、屋島の黒々とした稜線《りようせん》が間近に見え、その肩に、氷のかけらのような三日月が冴《さ》えていた。

藤堂は、受話器をとり、ダイヤルを廻《まわ》した。いきなりの電話であって、矢吹には知らせてない。

受話器の向うで、呼び出しのベルが鳴っている。藤堂は、軽い興奮を感じた。

矢吹の退社後も、しばらくは、藤堂は赤坂のホテルで幾度となく受話器をとり上げ、矢吹を呼ぼうとした。そして、その度に、空《むな》しい思いを嚙《か》みしめた。

矢吹呼び出しは、藤堂にとって、習慣というより、中毒になっていた。矢吹の居ない生活は、藤堂には、鏡のない生活であり、錨《いかり》を失った生活でもあった——。

「もしもし、矢吹でございますが」

やわらかな女の声が出た。矢吹の妻であろう。

女房とは、こういうやさしい声を出すものなのか。藤堂は、ふしぎな、そして、少しねたましいような気がした。

「あら、社長さんですか」

藤堂が名のると、女はうわずった声を出した。すぐ矢吹に代ったが、その矢吹もまた、

「あ、社長！」

と、おどろきの声を上げた。

藤堂は、受話器に向って、大きくうなずいた。うろたえて「社長」と言ってくれたのが、うれしかった。矢吹夫婦にとって、自分はいぜん社長のままであり、社長以外の自分が考えられぬように思えて。

「すぐ伺います。二、三十分お待ち下さい」

矢吹ははずむような答えで、電話を切った。

かつては三分と経《た》たぬ中《うち》に、矢吹は姿を見せたものである。藤堂には、その三十分がにわかに永い時間に思えてきた。待時間を意識せぬため、藤堂は風呂《ふろ》へ入ることにした。

木の香のにおう新しい湯船に身を横たえると、その窓からも屋島が見えた。頂上近く、蛍火《ほたるび》のような二、三の灯《ひ》のきらめきが見える他《ほか》は、黒々と寝静まっている。

「屋島か」

藤堂は、つい、つぶやいた。

屋島の眺《なが》めは、源平の昔以来、変ってはいまい。藤堂は、いまの自分を、源平の将の誰《だれ》かになぞらえて見ようとした。

平家の公達《きんだち》も武将も、藤堂には望ましくない。屋島の先には、平家には衰亡しか待っていなかったからである。

では、源氏か。義経《よしつね》は、その後、勝利を重ねた。だが、その勝利の果てには、肉親頼朝《よりとも》の裏切りが待っていた。どちらの側にも、所詮《しょせん》、殺戮《さつりく》しかない。そして、形こそちがえ、いまもそれが言えるのではないか。

そう思うと、形良く寝静まっている山の稜線のあたりから、一種の血腥《ちなまぐ》さが夜気にまぎれて漂ってくるようであった。

藤堂は、早々に風呂を出た。宿の浴衣《ゆかた》ではなく、持参したガウンを羽織る。永い外国生活を起点に築かれた生活様式を、どこへ行っても崩さぬ藤堂であった。

電話のベルが鳴った。

矢吹の到着を知らせてきたのかと、ほっとして受話器を取ると、流れてきたのは、隼《はやぶさ》の声であった。

藤堂は、ぎょっとした。隼が隣の部屋にでも忍んで来ているような気がした。しゃべろうとするのを遮《さえぎ》って、

「きみ、どこから?」

「東京です、長距離ですよ」

藤堂は安心し、隼の報告を聞いた。その日も三河絹糸株十万株の買い増しができたという報告であった。藤堂と隼の間だけの秘密であり、もちろん矢吹に聞かれてはまずい。

隼の報告が終ったところで、藤堂は言った。

「きみ、もう今夜は電話しないでくれよ」

「はあ?」隼はくすっと笑って、「おたのしみですか」

「ばか言っちゃいかん」

女を抱く気などなかった。

受話器を戻《もど》すと、ほとんど同時に襖《ふすま》が開いて、矢吹が入ってきた。

「あ、お電話中でしたか」

矢吹は立ち止った。その眼《め》が、きらりと光った。電話の相手をさぐろうとしていた。

藤堂は、いやな気がするより、たくましさを感じた。ここには、相変らず敏腕の腹心が居る。隼が陰の腹心なら、矢吹は陽の腹心。二人とも、ずばぬけた男である。そしてこの二人を腹心として使い分けられるのも、藤堂ならではでないのか。

藤堂は、その後の矢吹の暮しぶりなど訊《き》いてから、端的に用件を切り出した。矢吹が必要であり、復職せよという。

予想しないことではなかったが、矢吹は一応、ありがたく聞いた。

もっとも、人事権は、形としては大牟田《おおむた》社長が持っている。大牟田の了解は、ついているものなのか。

矢吹の質問に、藤堂は微妙な答え方をした。

「きみは、ぼく以外のトップに仕える気はないと言って去った。今度も、そういう体制になってからなら、問題はないと思うね」

二人の眼と眼が、がっちり組み合った。藤堂は、わざと何でもないことのように言ったが、大牟田社長を除き藤堂政権を復活させよというのだから、その言葉の意味は大問題である。

黙っている矢吹に、藤堂はつけ加えた。

「きみにならできる仕事だと思うが」

それを復職させるについての手土産にせよ、というふくみであった。たいそうな手土産であった。

藤堂は、ただ温情や気分から矢吹を復職させようというのではない。藤堂自身の復権のための大仕事を、何気ない形で矢吹に命じているのだ。矢吹のためを思うようで、実は自分自身のことを考えている。そのことを知ってか知らでか、何でもないことのように言ってのける藤堂。藤堂は、たしかにある意味での王者であった。藤堂と矢吹は、お互いの肚《はら》をさぐり合うように、にらみ合った。眼に見えぬ火花が飛び散った。そのあげく、矢吹はようやくうなずいた。

「わかりました」

「方法は、きみに任せます」

藤堂はたたみかけた。大牟田排斥のことなどは、王者藤堂の仕事ではないというひびきがあった。

矢吹は、小さくうなずいた。藤堂がその肚だとして、矢吹には矢吹の計算がある。大牟田を除くということで、二人の利害は一致する。その後、藤堂は、以前のような親政を夢見ている。だが、矢吹はもう一度、島に働きかける。さし当りは、邪魔者を除いて藤堂・島政権をつくるが、遠からず島社長を実現、藤堂を名実ともに無力化しようというねらいであった。同床異夢である。

藤堂は、ほっとした表情になった。頬《ほお》の褐色《かっしょく》のしみが、以前より大きく見える。

藤堂は、急に何かがゆるんだように、つぶやきはじめた。

「大牟田君は何を考えているか知らぬが、とにかく何もやらぬ、何もやらぬために、会社はますます悪くなる」

企業は、安全や保守ばかり考えていては倒れる。大きくなろうとすることで態勢が保て、前へ進むことで現状が維持できる。大牟田社長の慎重さは、華王紡にとって有害でしかない……。

「現場の工場長諸君は、みんな当惑している。たとえ無理な注文でもいいから、ぼくのときのように強引に引っぱっていってほしいとね」

矢吹は、適当に合の手をはさみながら、うなずいた。藤堂がにわかに子供っぽく見えてくる。聞き手になってやることで、藤堂は自分を確認して満足する。まるでエンプレス・ホテルの一室に居るような気がした。

藤堂は、なお会社のことについて、つぶやき続けた。ただ、そうした話の中で矢吹が気づいたのは、藤堂が一度も島の名を口にしないことである。実力者専務である島のことが、藤堂の意識の中にないはずはない。藤堂は、ことさらに島について言及しないようにしている。島など問題ではないことを示そうとしている。

逆にいえば、島は藤堂にとって、それほど大きな存在なのだ。大牟田以上に気がかりな存在なのかも知れぬ。

藤堂は、また、先のクーデターの始末についても、自分からは話そうとしなかった。矢吹が誘いをかけて、ようやく思い出した恰好《かっこう》で言った。

「ようやく、ぼくにも真相がつかめた。だから、ほんとうの首謀者は、ここへ来る前に処断することにしてきた」

矢吹は、藤堂の顔を見直した。それは、矢吹のまだつかんでいない情報であった。

「ほんとうの首謀者とは？」

「内田君だ」

矢吹は、油断していたところを、背中に斬《き》りつけられた気がした。

「……内田をどうされたのですか」

「やめさせた」

「しかし、人事権は大牟田社長に……」

藤堂は、厚い唇《くちびる》をゆがめ、にやりと笑った。

「大牟田君も同意した」

「また、どうして」

「大牟田君は、最近、やり手のミドルに会って協力を求めている。新社長に対して、智慧《ちえ》と力を貸して欲しいとね。それに対し、内田君がいい返事をしなかったらしい」

「なぜ、内田は……」

「自分には考えるところがあって、と答えたらしいね。その考えるところについては、ついに話さなかったということだ。ぼくの時代なら言わないことを言ったというので、大牟田君にはカチンと来たというわけだ。ぼくの出した処分案には、二つ返事で同意してくれた」

藤堂は、声を立てて笑った。その笑声には、矢吹には冷え冷えとするひびきがあった。

内田が言いたかったのは、矢吹との関係、あるいは矢吹の運命共同体論ではなかったのか。

だが、それはさておき、藤堂が矢吹と内田の関係を知らぬはずはない。矢吹が藤堂の腹心であるように、内田は矢吹の腹心である。矢吹の帰参を求めながら、一方で内田を斬る。いや、内田を斬った血刀をひっさげて、矢吹に戻れと迫ってくる。矛盾ではない。阿修羅《あしゆら》の立ち廻りであった。

藤堂は窓の外に眼をやり、ゆったりした口調で言った。

「屋島は昔ながらの姿だね。ほう、三日月が山の端《は》をはずれた」

「…………」

「頂上へは、ドライブウェイがあるそうだね。こんな晩、車を走らせたら、きっと心に沁《し》みるものがあるだろうね」

矢吹が返事できないでいると、藤堂はおもむろに矢吹に向き直った。

「さて、話がまとまったら、できるだけ早く実行に移してもらいましょう。それも、秘密の裡《うち》にね。ぼくも協力できることがあれば、協力しよう」

矢吹は、少々唖然《あぜん》とする思いであった。藤堂は、自分の復権工作をまるで他人事《ひとごと》のように語り指示する。矢吹が動くべきものと決めこんでいるし、事実、矢吹が動く他はない。

しかも、その工作が成功したときに備え、内田処分という牽制球《けんせいきゆう》を投げてきている。帰参を許しはするが、今度何かあったら容赦しないといわんばかりであり、あらかじめ矢吹の力を削《そ》いで、藤堂への依存を強からしめようとのねらいもある。

藤堂は相変らず先を読んでいた――。

黙りこんだままの矢吹をすくうように見て、藤堂は軽やかな声で言った。

「きみ、何か言いたいことでもあるのかね」


年が明けると早々、主だった新聞社の経済部に怪電話がかかった。

電話の主は、

「ちょっと小耳にはさんだ話だが、ほんとうでしょうか」

と前置きして、華王紡には六十五歳という社長定年があり、折角、社長になった大牟田も、その規定により間もなく辞任するという。そのうわさが事実かどうかと、問い合せてきた。

各社では、早速、華王紡へ問い合せた。大牟田社長との会見を求めに来る記者もあった。

その報告を総務部長から聞き、大牟田は一度は憤然とした。

社長六十五歳、副社長・専務六十三歳、取締役六十二歳という重役定年は、五年ほど前の重役会で、

「今後は、一応、この線にしてはどうか」

というような形できまった、申し合せのようなもので、その後も、別に適用されることもなかった。現に大牟田だけでなく、重役の何人かがその年齢を越えながら、何の支障もなく在任している。

そうした内輪の申し合せを、にわかに持ち出してきたのには、一種の作為が感じられた。誰かがタメにする電話である。目的は、もちろん大牟田へのいやがらせ、そして、あわよくば大牟田を退陣に追いこもうという陰謀である。

大牟田は、怪電話の主を洗うように総務部長に命じたが、すぐまた、とり消した。

疑わしきは罰する——それは、独裁者藤堂のやり口である。うろたえてはならない。大牟田には大牟田なりの受けとめ方があると思った。

大牟田は平静をよそおおうとしたが、波紋は社内にもひろがった。取引先ばかりでなく、工場や組合幹部からも真相の問い合せがくる。それもただの問い合せというより、動揺を見せている。

敵は一人ではない。無数の刺客が音もなく迫ってくるのを大牟田は感じた。それに対し、大牟田は孤独であった。

かつての大牟田には、藤堂の共通の被害者として、重役たちが仲間であった。それだけに、社長となったいま、大牟田と他の重役たちの間には、直接共通する利害はなかった。重役たちの表情には、微妙な変化が見られた。波紋にもまれ出した大牟田を冷やかに眺めようとしている。

危険な気配を感じながらも、しかし、大牟田はとくに手を打とうとしなかった。技術者上りの直情径行の大牟田は、策謀との闘いは不得手であった。それに大牟田に代って闘ってくれる腹心も居ない。さらに大牟田には、結局のところはなるようにしかならぬというさとりのようなものが、心の底に在った。

大牟田は、はっきりした敵が姿を見せるのを待った。

一月も末のある日、南関東に珍しく大雪が降った。

本社のある厚木工場も、一面に雪に埋まった。構内を走る車のタイヤにつけたチェーンの音が、無数の鈴の音のように聞えてくる。

大牟田は、雪の日が好きであった。

さわがしいもの、浮々したものが影をひそめ、風景が一度に重々しく静かなたたずまいを見せる。眺めているだけで、禅の境地に浸れそうな気がする。

いつもは頭上からひびいてくる会長室の増築工事の音がしないのも、大牟田に安らぎを与えた。

西陣織のカーテンを絞った窓からは、大山から丹沢にかけての山脈が白銀色に輝き、その上に、富士がまっ白に浮んで見えた。

大牟田は、ウォルナットの椅子《いす》に深々と腰を下ろし、外の景色を無心に眺めていた。

軽いノックの音がした。

「どうぞ」

大牟田は、気軽に声をかけた。かつては宮殿のような一室であったが、いまは誰でも歓迎する社長室にしている。

現われたのは、専務の島であった。雪の照り返しですべてが明るく見える日なのに、島の土気色にむくんだ顔は、暗鬱《あんうつ》そのものであった。

マホガニーのデスクをはさんで、島は大牟田と向い合った椅子に腰を下ろした。その針金のような銀髪の上に、大牟田が壁にかけた「明鏡止水」の額が見えている。

「大牟田さん、わたしが何の用で来たか、わかりますか」

島は、元気のない声で言った。大牟田が社長になってからも、島はいつも「さん」づけで呼んでいる。

「いや」大牟田は首を振り、「あまり良くない用のようですね」

島は二度続けて大きくうなずいた。それだけで用件をわかってくれといわんばかりであった。

身構えそうになるのをこらえて、大牟田は一語一語ゆっくり言った。

「遠慮なく言って下さい」

島は物うくうなずいて、

「社長の任期について、社の内外でうるさくなってきました。やはり規定は規定だという声も強いようで……」

島は眼を伏せた。刃《やいば》を突き刺しながら眼を閉じた男と同じであった。前年夏の役員会で真向から藤堂に斬りつけたときの颯爽《さつそう》とした姿はない。

しかも、島がやろうとしているのは、同じように現役社長へ引導を渡すことなのだ。一見おとなしそうな男なのに、またしても死臭を運んできた。老いて肥《ふと》ったハイエナめ、と大牟田は思った。

ただ大牟田は、表面はとぼけた顔で受けた。

「どういうことだね。もう少し具体的に言ってくれないか」

「社長定年について、大牟田さんにも規定通りにして頂きたいという話です。社内の統制に関することですし、秩序を守るために必要だと考えてもらって、規定通りに……」

大牟田は、いかにもおどろいた風に眼をみはって、島の言葉を遮《さえぎ》った。

「おかしいな。わしの歳《とし》を知っていて、みなさんはわしを社長に推された。わしは、それから急に二つも三つも歳をとったわけではない。社内秩序のためというなら、社長にする前に、いや、社長にしてくれなければよかった」

大牟田の反駁《はんばく》にも、島はひるまなかった。大牟田の胸もとに刺すような視線を当てたまま続けた。

「あなたに社長になってもらったのも、社内秩序のためでした。だが、今度退いて頂こうというのも、また社内秩序のためなのですよ」

何とか受け流すつもりでいた大牟田だが、そこまで言われては、社長の城にとじこもらざるを得ない。

「秩序という言葉を乱用しないで欲しいね。華王紡の秩序は、ただいまのところ、わしをトップにして成り立っているのだ」

「それは認めましょう。しかし、それも、ちょうどいまあなたが言われた『ただいまのところ』という条件づきで言えることなのです。新しい秩序が生れれば、あなたの秩序は影がうすれてしまうのです」

「新しい秩序とは、何なのだ。あんたか、それとも、藤堂さんのことか」

「少なくとも、わたしではありません。ここではっきり申しておきますが、わたしはあなただけをやめさせはしません。あなたの後を追って、わたし自身も退任するつもりでいます」

「それなら、藤堂会長が社長に戻るとでも……」

島は否定も肯定もしなかった。黙ったまま、大牟田の胸もとを見つめている。病身ながら、いや病身ゆえに、すでに肚をきめた顔であった。

大牟田は少し気勢を削がれたが、それでもなお浴びせかけた。

「あんたは、去年の夏、藤堂さんを斬った。斬っておいて、今度はまたその藤堂さんをよみがえらせようとする。これはいったい、どういうことなのかね。あんたは、藤堂さんがこわくはないのか。他《ほか》の重役の諸君はどうなんだ。藤堂さんの恐怖政治を忘れてしまったのかね」

「忘れはしませんよ」

「それなら……」

たたみかけようとするのを、今度は島が遮った。そして、大牟田の意表をつく答えを述べた。

「藤堂さんのこわさを忘れないからこそ、今度は藤堂さんの意向を迎えようとしているのですよ」

「なんだって」

見開く大牟田の眼に「明鏡止水」の四文字がおどりこんできた。大牟田は、その額を島の前面で手荒くたたき落したい衝動を感じた。

島が相変らずの口調で続けた。

「わたしのことを言っているのじゃありません。他の重役諸君の気持を付度《そんたく》したまでです。イエスかノーかと一人ずつ膝《ひざ》づめで問いつめられれば、イエスと言う他はないでしょう」

「藤堂さんが、そんなことをしているのか」

「もちろん、藤堂さん御自身ではありませんが……。説得は真剣で執拗《しつよう》でした。このため、詰め寄られる度に、トランプのカードは一枚また一枚とひっくり返されてしまったのです。すべて、大牟田さんの知らない中《うち》に」

「………」

「いつかと同じというか、逆というか。あのときは、藤堂さんの知らない中に、重役全員のカードがひっくり返っていた。今度は、あなたひとりが知らぬ間に、カードはすべてひっくり返ってしまったというわけです」

大牟田は額に手を当てた。

重役たちのたよりなさ、藤堂の巻き返しのおそろしさ。それが観念としてはわかるが、実感を伴わない。そのため、次の言葉が出ない。

大牟田はふっと、夏の役員会での藤堂のことを思った。藤堂もまた、あのとき、あっけにとられるだけで、しばし沈黙に陥った。その藤堂の心境がわかる気がした。

それにしても、大牟田はいったい自分の何が藤堂の気に入らなかったのだろうと思った。

非繊維と繊維の二つに藤堂とは仕事を分け、領分を侵さないようにしている。大牟田が非繊維関係についてはほとんど発言しなかったのに対し、藤堂は繊維について何《なに》彼《か》と口出しした。とくに三河絹糸については、相原社長はじめ出向者の主だった者を召喚するように主張したが、大牟田はとり上げなかった。企業規模を整理し体質を強化すべきで、外へ手をのばすべきでないという方針からである。それは、大牟田個人の見解だけでなく、再建整備計画に入って以来の社の方針である。その方針通りに三河絹糸への不干渉の線を貫こうとして、藤堂と衝突していた。

いや、藤堂にしてみれば、それは一例で、藤堂にはやはり自分以外に代表権を持つ社長が居るということそのことが、許せなかったのであろう。かんじんの大牟田を除外しての記者会見をはじめとして、藤堂はことごとに大牟田を無視しようと努めてきた。その気持が昂《こう》じた果てが、この策謀となったのであろう——。

「今度役員会を開けば、あなたの解任決議が出て、おそらく全員一致で決定されることになります。いつかと同じ風景です。ただ犠牲者が変るだけで」

島は一息つき、大牟田の沈黙をたしかめた上で、またやつれた顔で続けた。

「わたしとしては、そういう風景をもう二度と見たくはないし、もちろん、あなたも見たくはないでしょう。だからこそ、定年制という花道にのって引退されるよう、すすめる気持になったのです」

「花道だって！」

「そうです。社長定年制の報道が流れたのは、あなたの追い落しのためではない。むしろ、あなたを傷つけぬためなのですよ。問題は、すでにカードのすべてがひっくり返ってしまったということです。事態がここまで進んでしまった以上、わたしとしては事を荒立てたくない。まして、役員会であなたを追いつめるようなことはしたくないと思って」

「それは御親切なことだ」

大牟田は、皮肉を言わずには居《お》れなかった。

「それにしても、いったいこれは誰《だれ》の策謀だね」

「誰でもない。わたし自身の判断ですよ」

「いや、あんたは誰かの手の中で踊っている。それが誰の手かと訊《き》いているんだ」

今度は島が黙った。うすく眼《め》を閉じる。瞼《まぶた》が重そうであった。

大牟田は、窓の外を見た。

雪晴れの明るい空に、どこから来たのか、鳥《からす》が一羽《わ》、輪をえがいて舞っている。思わぬ銀世界に、にわかにねぐらを失ってとまどっている恰好《かっこう》であった。

大牟田の郷里では、大雪は凶変のしるしとしていた。雪の好きな大牟田には、子供のころから納得できぬ言い伝えに思えていたのだが、その日に限って、はじめて適中した形であった。

大牟田は、視線を島に戻《もど》した。

島はやや背をまるめ、大きなボロ包みのようにむっつりと黙りこんでいる。見ている中、大牟田は不愉快になった。不機嫌《ふきげん》になるのは、むしろ、こちらではないか。それなのに、幸か不幸か、おれはまだ「明鏡止水」を失わないでいる。

大牟田は、そうした自分を島にけしかけた。

「あんた自身は、わしにどんな不満があったのです」

「大牟田さんはわたしたちには民主的でありがたい社長でしたが、同時に物足りない。何か力の感じが伝わって来ないんです。これはわたしたちも悪いんですが、とにかく強引にでもわたしたちをひきずって行ってくれるものがないと……。会社としての前向きの気魄《きはく》がないと、何かとり残されそうな、会社としておくれをとりそうな気がするのです」

「それならそれで、なぜ、あんたたちが役員会で積極的に盛り立ててくれなかったのだ」

島は答えなかった。

藤堂の居る限り、役員会の空気は、以前と本質的に変ってはいなかった。むしろ、お互いに様子をうかがい、事なかれ主義がひどくなったきらいさえあった。

「冷たい人たちだよ。結局、わしを見殺しにするようなものじゃないか。そうしておいて、わしより藤堂さんがいいと言うのかね」

島は答えをそらせた。

「事の成り行きです。力関係でそんな風に動いてしまったのですよ」

「力？」

「そうです。社長とは、藤堂さんのように、良きにつけ悪《あ》しきにつけ、力のかたまりであるべきです。社長になったら、あなたはすかさず力をつけ、力をふるえばよかった」

「どんな力を」

「社長は、まず人事です。息のかかった者を要所要所に配置し、がっちりとまわりを固める。ところがあなたには、そうした部下も居なかった」

「派閥人事を行えというのかね」

「言葉はどうでもよいでしょう。力ある政治を行うには、力ある部下が必要だというのです。しかも、できれば命を賭《か》けてくれるような部下が……」

大牟田は鼻を鳴らした。

「そうか、わしにはようやく見えてきたよ」

「何が」

「あんたを動かしている者が……。あんたはわしより役者が一枚上だが、そのあんたより、もう一枚上の役者が居るようだな」

黙っている島に、大牟田は浴びせかけた。

「島さん、あんたは倖《しあわ》せな人だ。わしとちがって、芋づるのようにつながって生きて行ける」

島は顔を上げて大牟田を見た。水っぽい、どこか放心したような眼をしていた。大牟田の言葉など、ひとつとして聞いていない顔でもあった。

「どれ、わたしは言うだけのことは言いました。後は大牟田さん、あなた御自身でお考え頂きましょう」

島は椅子の肘《ひじ》に両手をついて身を起し、ゆっくり歩数を数えるようにして社長室を出て行った。

なにが「お考え頂きましょう」だ。すでにレールを敷いてしまっている。

大牟田は眼をみはって、島の後姿の消えるのを見守った。

肉のたるんだ、やわらかそうな島の首、剣道五段の大牟田の腕なら、一太刀《たち》で斬《き》り落せそうだが、しかし、ああいう首は見かけとちがって、意外にしぶといかも知れぬ。落ちそうでいて仲々落ちそうにない首なのだ。他人の首を斬っては自分の首をつないで行く類《たぐ》いのしたたかな首なのだ。

大牟田は、大きく息をし、立ち上って窓を開けた。冷たい空気が待ちかねたように流れこんできた。

外は、雪晴れに光り輝いている。島の姿は消えていた。正門のあたりでは、守衛たちが総出で雪掻《ゆきか》きをはじめている。みんな、屈託のない様子であった。事実、明日から社長が誰に変ろうが、彼等《かれら》の生活に変化はない。いや、この巨大会社で、大牟田の失脚の影響を受ける者が何人居るだろう。

そう思うと、大牟田は淋《さび》しかった。だからこそ、島たちにつけ入られる隙《すき》があったのだ。

大牟田は、あらためて自分の孤独を感じた。それは、藤堂の孤独とはちがっていた。いや、大牟田は、藤堂が孤独だとは思わない。藤堂には矢吹らの腹心も居る。それでいて、孤独な顔をしたがるだけである。仮に孤独としても、人々をおびえさせたあげくの孤独である。誇らかで傲慢《ごうまん》な孤独である。

それに対し、大牟田は自らに孤独を課してきた。禁欲的でひっそりした、ほんとうの孤独である。

若い社長の藤堂が副社長をめぐる最初の陰謀劇に巻きこまれたとき、大牟田は本社のある厚木工場長であった。社内を二分する争いに、中堅幹部クラスまで右往左往する中で、大牟田はひとすじに藤堂社長のために尽した。その意味では、藤堂にとって最初の忠臣であり、腹心第一号といえた。

ただ大牟田は、派閥争いの醜さを眼《ま》のあたりに見て、自分は決して党派を組むまい、党派をつくるまいと思った。それはまた、もともと醇朴《じゆんぼく》な技術者である大牟田にふさわしい生き方であった。もしそこに打算があったとすれば、無党派こそいちばん細く長く生きのびれると踏んだことであった。事実、藤堂のその後の度々の役員粛清にも、大牟田はいつも生き残った。

大牟田は、党派の育ちそうな機会を、意識的に遠ざけた。部下に対しては一視同仁で、特定の部下とのつき合いを避けた。華王紡には剣道のクラブもあったが、大牟田は町道場で稽古《けいこ》するだけであった。坐禅《ざぜん》の同好者が居て、打ちそろって円覚寺《えんがくじ》あたりへ参禅に出かけたりしていたが、大牟田は誘われても加わらなかった。

人間関係にはそれほど神経質に気をつかい、潔癖で押し通してきた。淡泊であり、まことに清々《せいせい》とした人生であったのだが、その裏目がいま現われた形であった。

窓の外から笑声が聞えた。検査課のある棟《むね》の入口で、女子工員が二人、雪つぶてを投げ合っていた。その背後に、丹沢の山々が雪をかむって眠っている。美しい日和《ひより》で、風ひとつなかった。夢の中にしかない風景のようであった。

大牟田はいつか秋田の禅寺で聞いた法話を思い出した。「この世はすべて夢の如《ごと》く候《そうろう》」と言った足利尊氏《あしかがたかうじ》。たしかに、「夢の如く候」のこの半年であった。

尊氏には、その後にまた別人のように羽振りのよい人生が展開したのだが、大牟田にはもはやその可能性はない。ただ平々凡々たる一老人の生活があるばかりである。

大牟田は、雪に蔽《おお》われた山々を眺《なが》めた。加生《かせい》の句をふっと思い出す。

「かさなるや　雪のある山　只《ただ》の山」

尊氏の心境になぞらえたりしたのは、思い上りであった。自分に似合うのは、むしろ、この句の方なのだ。大牟田は声に出して、つぶやいた。「かさなるや　雪のある山　只の山」

どこか古風なところのある大牟田は、矢吹の唱えた「運命共同体」という言葉が好きであった。

大牟田の考えている会社は、たしかに運命共同体的なものであった。いや、華王紡は、社内の誰にとっても、運命共同体であるはずである。そして、誰もがその気持なら、多少の意見のくいちがいはあっても、底のところで通じ合って、全体としてうまく行くはずである。

なるほど藤堂にはオーナー意識があり、華王紡を自分の家と見ているかも知れない。だが、程度こそちがえ、社員の誰にも、会社は自分の家であるべきである。

同じ家に生きる仲間同士のことだから、決定的に憎み合ったり、おとしめ合ったりする理由がない。対立や抗争のあるはずがない。それがなぜ、こんな風になってしまったのであろうか。

もちろん、主導権争いや内紛は、華王紡だけのことではない。それは、充《み》たされない力と力の争いである。内紛をひき起すようなエネルギーが、ときには会社を沸騰《ふっとう》させ急成長させる。生きているか死んでいるかわからぬような無事泰平だけがとりえといった会社に比べれば、はるかにおもしろく、活力を感じさせる。

大牟田が坐禅に通ったのも、ひとつには波瀾《はらん》の多い会社のため常に動中静を求めるという心境になったためであろう。泰平だけの会社だったら、坐禅に通うこともなく、もっと平板で味気ない人生を送ったのかも知れない。

それにしても、内紛といい、派閥争いといい、大牟田はそこに人間の業《ごう》の深さを思わずには居られない。それも一人の人間のではなく、何人もの人間の業が積り積って、澱《おり》のようなものができ、ある日たまらず爆発する。

共同体の構成員が無味無臭の純粋人間でない以上、そうなって当然である。それが自然である。

大牟田は、そこに自然を見る。渦中《かちゅう》の人である大牟田自身が、一歩退いて自然を眺める姿勢になる。そこに、業のかたまりのような経営者になりきれぬ弱さや物足りなさが出てくるのであろうか。

大牟田はまた、平凡な反省だが、建前としての人生と実人生のちがいといったものを、あらためて感じた。大牟田は、実人生の肉を薄くし、できるだけ建前としての人生に密着しようとしてきた。だが、実人生を建前としての人生に近づけるなどということは、所詮《しょせん》、空《むな》しい営みであったかも知れない。

建前は建前、実人生は実人生と、別々に割りきり、支離滅裂に生きる。いや、むしろ、実人生の方へ建前としての人生を強引にひきつける。それが、欲深いと同時に力のある生き方であったのかも知れぬ。

ただ大牟田は、深い呼吸をしながら考え、自らを慰めた。自分には、こういう風にしか生きる他《ほか》なかったのだと。

大牟田はまた考え直した。運命共同体は、理念や建前による集合体というより、もっと熱いもの、土のにおい血のにおいのするもの、生臭いものである。強い人間的・同志的結合を核として生れるものではないか。

組織が大きくなろうと、その本質に変りはない。派閥といえば悪いが、同じものを核と呼ぶこともできる。

華王紡という共同体には、どんな核があったか。藤堂―矢吹と結ぶ核、島―矢吹―内田と連なる核。そのどちらにも、矢吹が登場する。核の交わる核、核の中の核として出てくる。

大牟田は、自分を退かせようとするものが、その核の中の核であることを感じる。それでいて、大牟田は矢吹を憎みきれない。口惜《くや》しいことだが、大牟田はそうした矢吹を買っていた。

大牟田―矢吹という核があってもよかったという気がするが、いまは後の祭りであった。それに、矢吹の眼に大牟田は戴《いただ》くべき核と映らなかったのかも知れない。

それにしても、社内の誰とも淡く公平につき合おうとした自分は、ある意味で建前さえ誤ったのかも知れない。生臭い共同体の中で場ちがいに清純な論理に生きようとしたのだ。

ただ、自分としては、やはりそう生きる他はなかった。

大牟田はふたたび大きな呼吸をし、肩を落した。

会長室の新築工事は、完成まぎわに中止された。

藤堂が社長室の主に戻り、大牟田は名ばかりの相談役として、社外に退くことになった。

ふたたび社長交代についての記者会見が持たれた。今度は、藤堂と大牟田の二人が出た。

前回の交代は、意外であり唐突であったが、今度の交代は、あまりに早過ぎる。ただでさえ話題になる会社だけに記者たちは多勢つめかけ、さまざまな質問を浴びせかけてきた。

藤堂と大牟田は、口占《くちうら》を合わせて答えた。

二頭政治は、いざやってみると、社内に混乱や摩擦を招き、世間でもとかくの臆測《おくそく》を生むようになった。経営の効率も落ちた。やはり変則的であるので、思いきって旧に戻すことにした——と。

藤堂は厚い胸を張り、黒みの勝った大きな眼《め》で記者たちを眺め渡しながら、堂々と答えた。今度は、虚勢をはるわけではない。納まるべきところに納まり、本来のペースで話せばよかった。

一方、大牟田も、記者たちの予想を裏切って、よくしゃべった。

大牟田は努力していた。むっつり言葉少なに控えていては、一騒動あったと勘ぐられる。そうではなくて、大牟田自身も乗気になって今回の社長交代となったと、とりつくろおうとしていた。愛する共同体のための最後の努力であった。

質問が一巡したところで、藤堂が顔を知らぬ若い記者が立ち上り、少し焦立《いらだ》つような口調で質問した。

「この席に島専務もおられてよかったと思うのだが、どうされたのですか」

「島君は今日は少し体の具合が悪いということで……」

「そうじゃないでしょう。島専務は大牟田社長と無理心中をはかった。すでに辞表を出しているというじゃありませんか」

どこからか情報をつかんだ様子であった。

だが、藤堂は落着き払っていた。あやすような笑いを眼もとに浮べ、

「おかしなニュースですね。辞表を出すとすれば、ぼくか大牟田さん宛《あて》だが、ぼくは受けとっていないし」

そう言いながら、藤堂はゆっくり隣の大牟田に顔を向け、

「あなたのところへ出ていますか」

「いや」

大牟田は、はじかれたように首を振った。

「誤報ですか」

と、その若い記者。

「観測記事だろう」

と、記者席の中からヤジがとんだ。

藤堂は、また、うなずき、

「どんな観測をされようと結構ですが、事実関係だけは、ひとつたしかなところをおねがいします」

すらりと言ってのけた。

大牟田は、背筋に寒気が走るのを感じた。事実関係を言うなら、島専務はたしかに辞表を持ってきた。それを藤堂が慰留し、受けとらずにいる。将来の処遇は別として、

いまの段階で島にまでやめられては、また一騒動あったように見られてまずい、という判断からであった。

大牟田は、大声上げて真相を話したい気がした。もはや一介の浪人になった以上、何も彼《か》も洗いざらいぶちまけていい。事実、そのように大牟田に誘いをかけてくる質問もあった。

だが、大牟田はついに真相を語ることはなかった。もやもやしたものを腹ひとつにたたみこんだが、いよいよ退任の段階になり、社員たちへの別れの挨拶《あいさつ》の中で、一言だけ思わせぶりに言った。

「各自の隠忍自重を期待します」

と。

大牟田が呼びかけた「各自」とは、まず誰《だれ》より大牟田自身のことであった。

大牟田は、最後まで「身ヲ殺シテ仁ヲ為《ナ》ス」という心境であった。損な役割だが、会社という運命共同体には、そういう役割の人間が居なくてはならぬと、自らを慰めた。

大牟田の退任と入れ代りに、矢吹が復社した。ポストは、新設の社長室長である。

帰り新参の身は、ふつう肩身のせまい思いをするものだが、矢吹は逆に社員や重役たちから、一目も二目も置かれているのを感じた。

なるほど、矢吹は藤堂の誘いで戻ったかも知れぬ。だが、復帰に先立って矢吹のしたことは、手土産と呼ぶには大き過ぎた。

役員会のカードを、すべてひっくり返す。そこに至るまでの矢吹たちの執拗《しつよう》な説得工作は、重役たちをゆさぶり、うならせた。社を離れていた矢吹は、一個の野性的人間でしかなかったが、その野性の持つ気魄《きはく》はすさまじかった。

「社外の人間が何を言う」といなされ、「そんなに会社が恋しいのか」とからかわれても、繰り返し詰め寄った。見栄《みえ》や外聞はどうでもよい。どう思われようと、構わぬ気持であった。

重役たちが矢吹の説得に応じたのは、島社長実現へのふくみあってのことである。藤堂の独裁政治への重役たちの不安は消えない。藤堂は前回の棚上《たなあ》げにこりて、以前ほどの専制ぶりではなかろうと思うものの、時間が経《た》つにつれて、その保証は怪しくなる。

重役たちにしてみれば、最初のクーデターの目標であった島社長の実現によってこそ、はじめて安堵《あんど》することができる。藤堂政権は、その間の一時期のつなぎに過ぎない。

クーデター以来の仲間である重役たちは、島を信頼し、ふたたび島に賭《か》けようという矢吹の熱っぽい呼びかけに応じる気になった。一票また一票とカードは返り、最後は将棋倒《しょうぎだお》しの勢いになった。

矢吹の目論見《もくろみ》は九分九厘《くぶくりん》成功したが、最後にどうしても動かぬ一票があった。肝腎《かんじん》の島の態度である。もちろん島は、藤堂復帰には反対しなかったが、矢吹の次の狙《ねら》いである島自身の政権構想には首を横に振った。

島の尻《しり》ごみの理由は、前回と同じであった。健康にますます自信が持てなくなったと言い、「たのむから勘弁してくれ」と、矢吹に向って合掌したりした。

記者会見で若い記者が「無理心中」と言ったように、大牟田の退任説得に島の辞意をからめるというのが、矢吹たちの戦術であった。だが、島は戦術としてでなく、矢吹たちの反対を押しきって、本当に辞表を出してしまった。

もちろん、仮に辞任しようと、また折を見て迎え入れるという道もある。矢吹としては、時間をかけてでも島を説得し、遠からず島社長を実現するという課題が残った。

もしその線が崩れれば、暫定《ざんてい》政権のはずが永久政権化し、この工作は、ただ藤堂の専制政治復活のための茶番劇に終ってしまう。

藤堂には腹心の帰参と思われながら、矢吹の本心は、島の腹心に徹することであった。できるだけ早く藤堂政権を暫定政権化することであった。藤堂の片腕とまわりから見られながら、矢吹の眼は、島を向いていた。

華王紡という運命共同体は誰よりも島を必要としている。かつて再建整備計画実現のため、昏倒《こんとう》せんばかりの強行スケジュールで全国の工場行脚《あんぎゃ》した島に、それがわからぬはずはない。いますぐのことではない。時間をかけて説得していけば、必ず島が応じてくれる自信があった。矢吹には先が読めていた。

計算外の事態が待ち受けていることに、気づく由《よし》もなかった。

第四章

藤堂《とうどう》は、ナポレオンのグラスを手に、悠然《ゆうぜん》たる口調でしゃべっていた。

「綿業界の自主規制なんて、きみ、満員電車の中で席を立つようなものですよ。こちらが立てば、すぐ誰《だれ》かがその席におどりこんできます」

「誰かとは？」

「国内なら合成繊維、海外なら新興国の綿業ですね」

「なるほど、なるほど。これも、おもしろいたとえだ」

若い記者は、感心しながらメモをとった。

社長復帰の記者会見のとき、島の不在について質問を浴びせてきた業界誌の記者だが、その一晩、藤堂と膝《ひざ》つき合せている中《うち》、すっかり藤堂のファンになっていた。

エンプレス・ホテル最上階のバー、眼下には、東京の灯《ひ》が星座をひき下ろしたようにまたたいていた。

鉛筆を置くと、記者もまた、ナポレオンをのんだ。

かすかにBGMの音楽が流れるバーは、そこだけ空中に浮んだように静かであった。ただし、上客である藤堂たちの居る場所は、バーの中でも他《ほか》の客に目立たぬ奥まった一劃《かく》である。

「ところで社長、今後もあまり財界づき合いはしないと言われましたが、何か信念でもおありなのでしょうね」

「信念というほどのものではありません、ただ経営者としての心掛けの問題だと思うのですよ」

「というと……」

「経営者には、自分の企業が第一です。企業を十分やって行けぬのに財界づき合いをしているというのでは、仕事のできぬグータラ息子が青年団長をやってるようなものですからね」

「なるほど、それもいいたとえだ」

記者はまた、あわてて鉛筆をとってメモを記した。

「しかし、社長、業界と歩調を合わせない、財界づき合いもしないというのでは、孤立してしまって困ることはありませんか」

「ある程度はね。華王紡は綿業界のキューバで、藤堂はカストロだなどと言う人もいるからね。理想をかかげて常に新しく生きようとすると、どうしても、そう見られるのでしょうが」

「なるほど、なるほど」

「ぼくはイギリスになるよりはキューバになった方がいいと思います。少なくとも、キューバは午後三時でなく、夜明けの国、午前三時の国ですからね」

「なるほど、その代り、挙国一致、覚悟をきめて働いてもらうというわけですね」

記者はまた感心し、メモをとり、完全に藤堂の掌中に在った。いや、その記者だけでなく、藤堂と接触した人間は、当座はみな、藤堂の擒《とりこ》になってしまう。その肌《はだ》ざわりのやわらかさを、「フォームラバーがふわりと体に当る感じ」と表現した記者も居る。

かつて藤堂が若い従業員たちをとらえたのも、その魅力であった。しかも、藤堂が口にするのは、キューバやカストロのたとえのように、華王紡が使命に燃える孤児であり、異端児であるとの訴えである。従業員は非常事態だと感じ、危機意識を持たざるを得ない。社内的な不満からは眼《め》がそれる。みごとな人心収攬術《しゆうらんじゆつ》であった——。

ボーイが腰を屈《かが》めて寄ってきた。

「藤堂さま、お電話でございます」

「わたしが代りに……」

同席していた矢吹が立とうとすると、ボーイはあわてて、

「いえ、藤堂さま御自身に出て頂きたいと……」

「そう、それでは失敬して」

藤堂は、眼で矢吹を抑え、記者には軽く一礼して出て行った。

藤堂の後姿が見えなくなったところで、記者は急に呪縛《じゆばく》から解けたような顔になり、

「これですか」

と、小指を立てて見せた。

「さあ、どうでしょうね」

「社長のこの方面はどうなんですか」記者は小指をまた突き立てて、「わたしは二通りの評判を聞いてるんですよ。一つは、父親の幸有社長がたいへんな発展家だったので、それにこりて、藤堂さん自身は潔癖なピューリタンだという説ですね。女性関係皆無の愛妻家だという話。もう一説は、きまった女を持たぬ代り、あちこちで女性に手を出す。だから、夫人ともうまく行っていないという説なんです」

「あなたは、どちらと思いますか」

矢吹が逆に訊《き》いた。

「さあ、どちらの話も、ありそうなんで」

と記者。矢吹はすかさず、

「そう、どちらだって構わないんですよ」

「え?」

「わたしたちにとって、そして、おそらくあなたにとっても、藤堂社長の夜の生活がどうあろうと、たいして関係はない。それが、経営者としての活動にマイナスに作用しない限りは」

「藤堂さんの場合は?」

「りっぱです。理想主義的な経営者です」

記者は聞きとがめた。

「理想的な経営者でなく、理想主義的な経営者と言われるのですか」

「いや、その辺のところは……。まさか、われわれ社内の者が、他人《ひと》様に向って、藤堂こそ理想的社長と言うわけには行かないでしょう」

そこへ藤堂が戻《もど》ってきた。記者は腰を浮かせた。

「社長、お忙しいんじゃありませんか。わたしのような若僧が時間をとってしまって、申訳ありません」

「とんでもない。ユー・アー・ウェルカムです。それに、もともと社長業とは、人に会うのが仕事です。どなたも訪ねて来てくれなくなったら、淋《さび》しくてやりきれませんよ」

やさしく微笑して言う。記者は、ほっとした表情になった。

それは、藤堂の社交辞令であったが、少しは本音もまじっていた。会長時代、藤堂は大物会長として世間に売ったつもりであったが、会社の公式見解を訊きに来たりするのに、やはり社長の大牟田《おおむた》を訪ねる記者が多く、藤堂へのインタビュー申込は減っていた。それは、いつも会社の表看板であった藤堂にしてみれば、淋しくもあり、屈辱的なことでもあった。

車を手配して、バーを出た。エレベーターで藤堂は七階に下り、矢吹は一階まで出て記者を見送った。

ふたたび、エレベーターで七階へ。いつもの通り、藤堂の相手をして経営の議論をする時間である。

藤堂の部屋にノックして入ると、藤堂は電話に向っていた。いつもと表情がちがっている。

矢吹は、先刻の電話の続きかと思った。矢吹にも知られたくない秘密の電話、矢吹には、それが女からのでないことがわかる。では、誰が、何用なのか。

社内には、藤堂のお茶坊主《ぼうず》のような社員も居れば、藤堂のための特高警察のような男も居る。それらが藤堂の社長復帰により、いっせいに蠢動《しゅんどう》をはじめてはいるが、藤堂を呼び出すほど、力がある者は居ない。とすると、社外の誰かからなのか。

矢吹は想像をめぐらした。隼《はやぶさ》のことなども考えてみた。

電話が切れた。藤堂は受話器を置くと、その場に突っ立ったまま、矢吹に顔を向けた。

「きみ、島専務が心臓麻痺《まひ》で亡《な》くなった」

思いもかけぬ報せ《しら》であった。

「すると、先刻の電話は危篤《きとく》とでも」

「いや、あれはちがう」

藤堂は一瞬顔をしかめたが、すぐ沈痛な表情に戻った。

「急死だ。まさか、こんなに突然亡くなろうとは。そんなに島君は弱っていたのかね」

矢吹には、答えが出なかった。

それは、矢吹にとっては、藤堂以上にショックであった。またしても、誤算が起った。かつてのクーデターは、九分通り成功しながら、島の社長辞退という誤算に出会った。今度は、島の死によって、同様の誤算に――。

遠からず島社長という目標があればこそ、矢吹たちは大牟田退任・藤堂復帰という工作を辛抱強く進めてきた。この数カ月間積み上げてきた努力が、音を立てて崩れて行く。すべてが砂上の楼閣と化した。その後に何が来るのか。

矢吹は藤堂を見た。藤堂も矢吹を見返した。

二人は、まるではじめて出会った男同士のように相手を見つめた。二人は、二人の間に横たわっていたものがなくなったのを感じた。そして、そのなくなったものが、障害物というより緩衝物であったのを感じた。

二人の間に、眼に見えぬ風がうなりを立てて吹き抜けていた。荒野に置かれて見合っている形であった。

もちろん、二人は主と腹心という密接な関係に在る。だが、島の死によって、その関係は微妙に変化しそうであった。

島の死で、藤堂は当面のライバルを失《な》くした。すでに大牟田は去り、後は並び大名ばかりで、島に代るべきライバルは居ない。その意味では、藤堂のために洋々たる天下がひろがった形であった。

だが、手放しで楽観してばかりは居られない。藤堂は、島の後にはいつか矢吹の時代が来ることを予想していた。島の死は、その矢吹の時代が一時代繰り上ったことを意味しはしないか。矢吹は、もはやただの腹心ではなくなった。藤堂は、そこに新しいライバルの影を見た。だからこそ、それまでにない眼で、はじめての人を見るように、矢吹を見たのであった。

矢吹は藤堂の視線の意味を理解した。矢吹にとっても、藤堂は別の意味を持つ人になった。

二人は互いの思いを探り合うように、しばらく黙って見合っていた。

藤堂が葬儀委員長になり、島の告別式は青山斎場で盛大に行われた。

「艱難《かんなん》辛苦、身を挺《てい》し心を砕いて会社再建に献身したきみ。にわかにそのきみを失って、わたしたちは路頭に迷う思いさえするのであります……」

藤堂は哀悼の意に満ちた長文の弔辞を読んだ。藤堂自身が練った文章で、心のこもった格調の高いものであった。

藤堂は読みながら、眼に涙を浮べ、やがて透明な水が眼の下の袋に沿って流れた。

遺族は感激した。社長にそれほど想《おも》われて、故人は倖《しあわ》せだと、参列者たちも思った。

演技ではなかった。いかに藤堂といっても、演技で涙を流すわけには行かない。このとき藤堂は、痛切に英語のＭＩＳＳという言葉のひびきを感じていた。「失って淋しい」と叫びたかった。できるなら、弔辞の冒頭、「Ｉ　ＭＩＳＳ　ＹＯＵ！」と、英語で呼びかけたかった。

島は、先のクーデターのリーダーである。その島を、それまでの重役のように動かすことができなかったのは、島に力があり、実績があったためだ。工場閉鎖・賃金カットをふくむ困難な再建整備計画を指揮し、やりぬいてくれた島。その意味では、島はいざとなれば、藤堂の危機を肩代りしてくれる男であった。

大牟田去り、島も居なくなったことで、藤堂は、その先すべてが自分の賭《かけ》になることを感じた。だからといって藤堂は、にわかに勇み立つ気になれない。むしろ逆に、重心がなくなり、宙に漂い出す感じがした。その辺のたよりなさ心もとなさを思うと、藤堂はあらためて島の地味で力強い努力をたたえる気になったのだ。どれほどたたえても、もはや脅威にならぬ相手であった。藤堂は自分の言葉に溺《おぼ》れた。

「わたしたちは、きみの遺風、きみの精神をいつまでも受けつぎ、わたし個人もまた、きみの遺志を継ぎ、きみの残した人々を愛し……」

藤堂は、声を強めて弔辞を読み続けた。

だが、一夜明けると、藤堂は別人になった。

葬儀の翌日、藤堂は重役十二人の中、島と親しいと見られた岩本ら六人に、いきなり解任を通告した。

通告は、ある役員には会社で口頭で、ある役員には電話でなされた。

「きみは、ぼくを補佐する役員としてふさわしくないから退いてもらう」

ただ、それだけで詳しい説明はしない。問い返す役員には、

「徒党を組むような人は、役員にふさわしくない」とだけ答えたり、「理由は、きみ

自身でよく考えてみたまえ」と、突き放した。

役員たちが共同戦線を張ろうにも、あまり抜き打ちなのと各個撃破されたために、相互の連絡がうまくつかない。反撃に出ようと言う者もあれば、何とか藤堂に泣きを入れようとする者もある。彼等《かれら》をまとめて音頭取《おんどと》りになる者が居ない。それに、解任を免《まぬか》れた役員たちは、首をすくめて立ち上ろうとしない。

巻き返しどころか、立ち直る隙《ひま》もなく押し切られた。藤堂一流の電撃作戦であった。島を偲《しの》んで涙を流した前日の藤堂の姿は、もはやどこにもなかった。発狂したかに見られかねない仕打ちなのだが、藤堂は人目構わず斬《き》った。

矢吹がいつか内田たちと話したように、経営者は仏の心の持主でなく、阿修羅《あしゅら》であるべきである。その阿修羅ぶりを、矢吹は眼の前に見せつけられた気がした。社内は震撼《しんかん》した。

クーデター以来の藤堂の島への憎しみが、一気に爆発した感じであった。藤堂は自分自身を押えかねていた。というより、思うまま斬りまくることで、久しぶりに自分自身の生甲斐《いきがい》をたしかめているふしもあった。

それに、その処置は、いわば札つき者を掃討することで、二度とふたたびクーデターを起させぬようにするとともに、もし今後、島派的な言動をする者があれば容赦しない、と警告するふくみもあった。正に一罰百戒であった。

とはいえ、それは、どの経営者にもできることではなかった。藤堂だから、ためらわなかった。藤堂だから、やれた。藤堂ならではの快挙であり、また暴挙であった。そして、この一挙に関する限り、当面、藤堂の勝ちであった。

その後、藤堂はさらに三人の役員を斬り、代って新しい役員をきめ、春の株主総会で選出した。

新役員の中に、矢吹の名があった。四十代半ばに満たぬ異例の若手役員であった。

このときも、藤堂は例によって、

「きみを役員に推すことにしたよ」

と何気ない風に言った。

「ありがとうございます」

矢吹も、それだけ答えた。企画本部なるものを新設、取締役兼企画本部長にするというのである。

社外からは異例の抜擢《ばってき》と見られても、社内的には矢吹は、数々の計画立案とその実行、組合の掌握といった形で実力を評価されている。その実力を認めて引き立てるのが、大社長にふさわしい人事というものであった。それに、藤堂の復権についての矢吹の努力に報いることも必要である。

　ここで矢吹をはずせば、社内の眼はむしろ、藤堂が矢吹の力の伸びるのをおそれているように受けとりかねない。逆に矢吹を登用すれば、藤堂が矢吹をこわがっていないと見られることになる。

　それに、腹心をより力あるものにしておけば、藤堂自身もより大きく見られる。力のある矢吹に役員という座を与える危険については、藤堂にも不安がないわけでなかったが、いまはその不安に眼をつむってでも、矢吹登用に踏みきるべきだと、藤堂は判断した。ひとつの賭であった。大社長藤堂としては、賭けてみる他《ほか》はなかった。

　吉と出るか、凶と出るか。吉と出ればよし、万一、凶と出そうなら、速やかに矢吹を斬ろう。斬るには、矢吹の身にまだ帰り新参のにおいの残っている中《うち》がいい。斬るなら、むしろ、いまなのだ。

　重役への登用は、斬るか斬らぬかの試《ため》しの場に引き出すことだ。修羅場を用意してやるようなものだ――。

　矢吹の去った後、藤堂はウォルナットの椅子《いす》にもたれ、ひとり、うす笑いを浮べた。

「矢吹君の意見はどうだね」

藤堂社長は、形の良い眉《まゆ》を上げ、矢吹に名指しで発言を促した。

矢吹が重役になって最初の役員会の席である。最初から、ほとんど口をきかなかった矢吹に、藤堂はたまりかねたのだ。

「とくに、ございません」

矢吹は藤堂をまっすぐ見ると、落着いた声で答えた。

藤堂は、支柱をはずされたような気がした。

「きみあたりに、少し積極的に発言してもらうといいんだが」

重ねて促したが、矢吹は黙ったままであった。

重役たちの視線が、矢吹に集まった。矢吹は、白いふっくらした顔を伏せた。

空気が目に見えず動いた。重役たちは顔を見合せた。意外であり、ほっとする気分でもあった。

「矢吹、矢吹と、騒がれてはきたが、重役となってしまえば、この男、ただの人ではないか。すでに牙《きば》を抜かれてしまっている——」

と。

藤堂も矢吹を見つめていたが、ちがった受け取り方をしていた。

矢吹が発言しないのは、重役一年生として照れたり臆《おく》したりしているためではない。

むしろ、それとは逆に、すでに一年生にして、この役員会を無視してかかっている。ここが、実質的な討論の場でないと、きめつけている。華王紡でのきめつけ役は、藤堂ひとりしか居ないはずなのに。

藤堂は、沈黙している矢吹に、自分の影を見た。

「きみがそのつもりなら――」

藤堂は声にならぬ声で言った。

藤堂は、エンプレス・ホテルの部屋に、以前ほど矢吹を呼ばなくなった。

〈役員会など、どうでもいい。肝腎《かんじん》の議論は、ホテルでしているじゃありませんか〉

矢吹に二度とそんな顔をされたくはなかった。

鏡としての矢吹、話相手としての矢吹は、欲しい。かつての矢吹は、ただのブレーンの一員に過ぎず、その役が似合った。藤堂の話を聞かせてフィードバックさせ、矢吹にも勝手に話させておけばよかった。

重役になった矢吹相手では、いささか様子がちがう。少なくとも、矢吹の受けとり方がちがってくる。無責任な議論ではなく、二人で経営を相談する形に受けとるはずだ。いまいましいだけでなく、煩《わずら》わしい気がした。

重役にしたことで、藤堂は矢吹に密着した腹心というより、他人を意識するようになった。もちろん、ライバルなどとは思わない。矢吹など問題にせず、腹心なしで事を進める大社長に徹しようと思った。

矢吹を試しながら、自分だけで走り出すのだ。

すでにレールは敷かれている。ダイヤモンド計画の拡大。ひそかに隼に進めさせている三河絹糸への介入。そうした勢いに乗って、他の合化織部門への進出をはかるなど、次々と果敢に手を打って行こう。

そのためには、業績の好転こそ、藤堂の支えである。繊維部門の飛躍が期待できぬ以上、化粧品部門を中心にした非繊維部門で、とりあえず何としても大幅の売上増・利益増を計上しなくてはならない。


秋が深まり、月曜が祝日に当る連休があった。

藤堂は、その二日半の休みを、天城山《あまぎさん》中のホテルで過すことにした。経営の参考にと、かねて海外からとり寄せておいた数冊の文献をまとめて読むためである。

それは、同年代の他の社長には真似《まね》のできぬ、藤堂ならではの過し方である。そこにも、藤堂はひそかに心のはりを感じもした。

出かける前、藤堂は矢吹に、久しぶりに自宅へ帰り、連休を家族と共に過すようにすすめた。

矢吹をふくめた全社員が、家族たちとのんびりくつろいでいる。そうした一大家族団欒図《だんらんず》の頂で、藤堂だけが醒《さ》めた雄鶏《おんどり》のように首を起し、新しい時代の雲行きに眼をやっている――そうした光景を想像することは、藤堂のユニークな休日の味を、いっそう濃厚なものにしてくれるはずであった。

藤堂はベンツを運転し、厚木から東名に乗った。御殿場《ごてんば》で下り、裏から箱根へ入る。少し寄り道になるが、大涌谷《おおわくだに》を通った。

硫黄《いおう》の噴気のただよう荒涼としたその谷間は、藤堂の好きな場所のひとつであった。山紫水明の文字そのままの箱根の風景の中で、そのかいわいだけが、大火傷《おおやけど》のあとのように無残にただれている。箱根のすべての美しさとひき代えに、そこだけが罰せられている十字架の場所である。賽《さい》の河原《かわら》を思わせる場所でもある。

硫黄のにおいは、死臭であった。黒ずんでごろごろしている大小の岩石は、髑髏《されこうべ》を思わせた。

それらは、藤堂が斬ってきた数多くの役員や社員の髑髏にも見える。藤堂の眼には、斬られた奴《やつ》が悪かった。斬られるに値すると同時に、斬り返す力のない不甲斐ない連中なのだ。

黒ずんだ石を彼等の髑髏とするなら、その髑髏に向って、藤堂がベンツの窓から吐きかける言葉は一つしかなかった。〈ばかなやつらめ！〉

藤堂は、アクセルを踏みこんだ。髑髏を蹂躙《じゅうりん》し、踏み砕いて走るのだ。芦《あし》ノ湖《こ》沿いの道を抜け、箱根峠から熱海《あたみ》峠へ。観光バスや中小型の乗用車の行き交う道を、ベンツは王者の如《ごと》く走った。

うすい雲がかかって、富士は見えなかったが、山々の黄ばんだ谷の切れこみは、かなり深くまでのぞけた。すでに白さを失った芒《すすき》の穂波が、風に波打っている。こぎれいなドライブ・インが目に入った。藤堂は、まだ昼食をとっていなかったのを思い出し、ベンツを駐車場へ入れた。

時間はずれのせいか、幸い、ドライブ・インの中は空《す》いていた。軽い食事をとる藤堂の耳に、ウェイトレスたちの話声が聞えてくる。商売柄《しょうばいがら》、正月が休めない。五日過ぎになって帰郷するころには、友人たちはみんな都会へ戻《もど》ってしまっていて会えないと、こぼしている。

藤堂は、華王紡の女工たちのことを思った。

帰省のために特別バスを仕立ててやるのも、華王紡は早かった。正月には、何通もの礼状が藤堂の許《もと》へ来た。美しい筆跡もあれば、稚拙な文字もあったが、文面には精いっぱいの謝意が溢《あふ》れていて、いじらしかった。藤堂は、そういう女の子を一人一人呼んで、握手してやりたいと思った。

藤堂は、横目でウェイトレスを見直した。ふさいでいる方は、整った顔立ちをしていた。慰め役に廻《まわ》っているのは、丸顔で愛くるしかった。藤堂に見られているのに気づくと、何となく笑顔をつくって見せた。

可愛《かわい》い女たち。父幸有なら、そうした女たちを自分のハーレムにつけ加えることを考えたかも知れない。

藤堂は、幸有のような女関係は持たなかった。女の一生を隷属《れいぞく》させるようなことは、女にとって不幸なだけでなく、藤堂の気象にも合わなかった。それは、女が隷属するだけでなく、男が拘束される関係にもなる。

もちろん、藤堂とて男である。ときに、妻以外の女と関係を持ったが、たいていは、その場限りであった。女を使いすてる感覚であった。

藤堂の妻は、華族の出であった。そうした藤堂に気づくと、許さなくなった。藤堂は藤堂でまた、許さぬ妻を許せなくなった。

ただ、藤堂の妻は、許しはしないが、藤堂を理解していたし、藤堂もまた、そうした妻を理解した。離れて暮して体の関係はなくとも、理解が夫婦を成り立たせた。社業一途《いちず》の藤堂にとっては、むしろ、理想に近く妻を位置づけた恰好《かっこう》でもあった。たまに夫妻そろって何かのパーティに出るときには、二人はポーズではなく、仲の良い夫婦のように話した。そして、茶のみ友達のように淡く別れた——。

一服すると、藤堂はドライブ・インを出た。久しぶりに会社から遠ざかったせいか、体中の神経がゆるみはじめた感じがあった。前夜の睡眠薬の効目《ききめ》がぶり返したような、かすかな睡気《ねむけ》もあった。

だが藤堂は、大衆ドライバーのように、人目にさらされた駐車場の車の中で居眠りする神経はなかった。

スカイラインを少し走ると、路傍に半月型の入江のようになったパーキング・スペースがあった。風がうなっているだけで、他に一台の車もなかった。

藤堂は、ベンツを乗り入れて止めると、少し窓ガラスを開け、座席を倒して眼を閉じた。風向きのせいなのか、ときどき車の通り抜けて行く音が、ひどく遠いものに聞えた。

秋もかなり深いというのに、虫がか細い声で鳴いていた。都心のホテル暮しの藤堂は、何年ぶりかで、虫の声を聞く気がした。そして、藤堂としては、珍しくまどろんだ。

ふたたびスカイラインに出た藤堂は、いつも以上に落着き払った王者の運転ぶりであった。

狐色《きつねいろ》に枯れた山肌《やまはだ》や、緑色の筆の穂先を並べたような杉林《すぎばやし》を眺《なが》めながら、ゆっくりベンツを走らせた。

まどろみの後のせいか、藤堂はいつもとちがう感覚の中に居た。華王紡に君臨する藤堂とは別の藤堂が、車を運転している感覚があった。

それは藤堂自身が選びながら、まるで天からころげ落ちてきたような時間の感じであった。これまで過してきたことのない不思議な時間の味がある。

そういう時間を、いとおしみたい気がした。ホテルに着いて読書をはじめれば、また華王紡のための時間、いつもの藤堂の時間がはじまってしまう。

連休に繰り出した車が、ときどきルーム・ミラーに映って、ふくれ上ってくる。家族連れもあれば、ゴルフにでも行くのか、男ばかり何人も詰めこんだ車もある。

そうした車は、一度は藤堂の後について、しばらくスピードを殺して走る。ベンツがそれほどゆっくり走っているのが信じられないといった風に。

藤堂は、ところどころにあるパーキング・スペースへベンツを乗り上げるようにして、そうした車をパスさせてやった。

すると、それらの車は、にわかに小おどりするような勢いで加速し、みるみる稜線《りようせん》の道を遠ざかって行くのであった。

藤堂にしてみれば、「何をうろたえて急ぐのか」と、言ってやりたい感じであった。この美しい道は、何のために在るのか。道は方便でしかないのか。なぜ自分自身のために、道をしっかり踏まえ、たのしんで走らないのか。

白い車に後につかれると、藤堂はとくにいやな気がした。幻の白いジャガーを連想する。できるだけ早くパスさせた。白なら、軽四輪でさえ先に行かせた。こうした道でまで、白い幻に追われたくはなかった。

イヌツゲやアセビの原生林の中に在る静かなホテルに着いた。

藤堂は車から下りると、山の空気を深々と吸った。そこからまた新しい時間がはじまるはずであった。

赤い小型車が走りこんできた。車のナンバーは、「多摩」。前の席から男と女、後ろの席には三人の子供。あれだけ詰めこんで東京から走ってきたのかと、藤堂は見ただけで息がつまりそうであった。

山の空気が、急にみだれた。一家五人ががやがや騒ぎながら、トランクから荷物を下ろしている。同じホテルに泊るつもりらしい。藤堂は首をすくめ、小型のスーツケースひとつ持って歩き出した。猥雑《わいざつ》な空気が漂って来そうであった。

「社長、藤堂社長じゃありませんか」

声とともに、靴音《くつおと》が追ってきた。ふり返ると、車を運転してきたセーター姿の男の顔が眼《め》いっぱいにとびこんできた。

「あ、きみは……」

いつかの若い記者であった。記者は、ふしぎそうな眼で、藤堂を見た。

「社長、おひとりで……」

藤堂は、無言でうなずいた。記者は自問自答風に、

「ゴルフじゃありませんね。たしか社長はゴルフは……」

「致しません」

藤堂は、少しかたい声で答えた。記者は頭を掻《か》き、

「わたしは、ゴルフなんですよ。ただ女房子供がついでに連れて行けということになりましてね」

「結構ですね」

藤堂は、眼を小型車に戻した。瘦《や》せぎすの女を囲んで、小さな子供たちのわいわいがやがやが続いていた。

「すると、社長はここへは御静養にだけ……」

記者は、少し遠慮の色を見せながらも、訊《き》いてきた。

「本を読みにきました」

と、藤堂。

「そうですか。なるほど、なるほど」記者は二度三度うなずき、「りっぱですね、社長は」

「他に芸がありませんから」

藤堂は、ゆっくり歩き出しながら言った。

「そういえば、藤堂社長は社長芸には無縁ですね」

藤堂はうなずいた。そして、はじめて微笑を浮べ、

「ぼくは、社長芸という言葉のあるのがおかしいと思いますよ。芸は芸、社長は社長ですからね」

「なるほど、なるほど」

「まして、ぼくの場合、親恋しいような娘さんたちに働いてもらっています。それで

いて社長が遊んで居られますか」

記者の答えの代りに、記者の妻の叫びがきこえた。

「パパ、荷物持ってよ」

藤堂は、危うく首をすくめるところであった。

「ちょっと待っててくれ」

記者は手を上げて言ってから、藤堂に追いすがった。

「ダイヤモンド計画は、うまく行ってるようですな」

「ええ、すべて順調です」

「とくに化粧品がよいようですね」

「おかげで、増産しても追いつかぬぐらい、よく売れています」

藤堂は、きびきびと答えた。

「パパ！」

今度は子供の声が呼んだ。

「社長、それではまた……。どうも、失礼しました」

記者は身をひるがえした。同時にホテルの中からボーイが走り出てきた。藤堂は、ほっとした思いで、スーツケースを渡した。

藤堂は部屋へ入ると、手と顔を洗面台で洗っただけで、すぐ文献を読みにかかった。そのホテルには、温泉を引いた大浴場もあったが、外国生活の永かった藤堂には、縁がなかった。素姓のわからぬ男たちがひとつの湯船に入り合うなどというのは、藤堂の趣味に合わないし、まして、その日は、記者と出会う心配もあった。

そうでなくとも仕事熱心な男のことだから、フロントで藤堂の部屋を訊いて、訪ねてくるかも知れない。藤堂には有難《ありがた》くないことであった。フロントが教えないことをねがった。

ホテルは、暖房がよく効き、満室に近いはずなのに、意外に静かであった。幸い、記者が訪ねて来ないままに、日が暮れ、夜がふけた。

読書は、よくはかどった。疲れると窓に寄り、カーテンを開けた。眼下はるかの谷間に、燠火《おきび》を散らしたように、修善寺《しゆぜんじ》あたりの灯《ひ》だけが見えた。

静かな高原に居ながらも、藤堂は相変らず不眠であった。零時過ぎに横になってからも、うとうととして眼をあけると、枕《まくら》もとの腕時計は一時間しか経《た》っていないということを、何度もくり返し、ようやく朝になった。

雨であった。窓ガラスが水滴にぼやけている。

白い雨脚が斜めに走る中を、霧がさらに幾重もの波になって、次々に襲ってくる。眼に見えるのは、おびえたようにゆれるすぐ近くの杉の梢《こずえ》だけである。

記者一家をふくめ、連休にうろたえたように繰り出した連中は、どうしているだろう。藤堂は、同情というより、一種の小気味よさを感じたが、すぐまた、記者に訪ねられる不安を抱いた。

そのとき、部屋の隅《すみ》に在る真珠色の電話機が鳴った。

時間は七時少し前、記者がかけてくるには早い。藤堂は、太い首をかしげながら、受話器を取った。

交換手の声が、

「島田からのお電話です」

と伝えた。

「島田？」

藤堂は訊き返したが、もう交換手は出なかった。

藤堂は、島田を一瞬、人の名前と思ったが、それは地名のようであった。それにしても、静岡県中部の田舎町から藤堂に早朝電話をかけてくる人間の心当りがない。

「社長、藤堂社長ですか」

少し遠い男の声が、せきこんで藤堂の名を呼んできた。明らかにうろたえていた。藤堂は少し不機嫌《ふきげん》になり、ゆっくり答えた。

「藤堂ですが、あなた、どなたです」

男は名前を言ったが、それで通じないと思ったのか、すぐ身分を言い足した。

「……華王化粧品販売の静岡支社長です」

「そのきみが、どうして、ぼくに……」

藤堂の声は、ますます不機嫌に曇った。その曇りは、支社長の次の言葉で、たちまち凍った。

「たいへんなことが起りました。うちの化粧品が、大量に御前崎《おまえざき》海岸に打ち上げられたのです」

「なんだって」

藤堂は、自分の耳を疑った。支社長の泣くような声が続いた。

「海中投棄したと思われるストックが、汐《しお》にのって、こちらの砂浜へどっと打ち上げられたのです。地元では、いま大さわぎしています」

「たくさんなのか」

藤堂は否定的な答えを期待したが、支社長の言葉は残酷であった。

「そうです。五百メートルほどの海岸にわたって一面に……」

「ばかな」

藤堂には、それしか言えなかった。そんなばかなことがあってたまるか。誰《だれ》がそんなうかつなことをしたのか。

前日、記者にも調子のよい返事をしたところだが、化粧品は実際は、それほど売れてはいなかった。増産した分は、そのままストックになっていた。

藤堂自身、そのことを正確に知ったのは、つい最近のことである。

藤堂の許へ来る書類上では、化粧品部門は一貫して順調な売上増・利益増を計上してきていた。ただ、それが、あまりにも藤堂の期待通りのスムーズな上昇カーブをえがいてきているのに、藤堂は疑問を持った。

化粧品部門は、製品を華王化粧品販売という子会社に売り、子会社が各地の系列代理店へ流す。ところが、ある時期から、子会社では代理店への押し込みをはじめ、後に返品されようと、あるいは、子会社の倉庫に預かったままであろうと、とにかく帳簿上は代理店に売り渡したという記載をするようになった。

このため、つくっただけが売れた形になり、化粧品部門では、さらに増産を進め、その分がまた在庫増になるという結果になっていた。

信賞必罰の藤堂の意気ごみをおそれた担当幹部たちが、保身のため、小細工をしていたのである。

藤堂は幹部の首をすげ代えた。ストックを各地の倉庫にそのままにしておいては、世間の目に触れる。化粧品は次々と新製品で勝負せねばならぬので、在庫はまとめて地上から葬《ほうむ》り去る必要があった。このため、関係の船会社にひそかにたのみ、外洋の深い海底へ沈めてもらっていた。

このことは、企業のトップ・シークレットであり、藤堂と化粧品部門のひとにぎりの幹部しか知って居《お》らず、役員会の議題にさえしていない。もし、この一件が世間に大きく知れ渡るなら、華王の化粧品は潰滅《かいめつ》的な打撃を受け、藤堂自身も失脚しかねないことになる。

受話器を握りしめたまま、藤堂は部屋の隅に棒立ちになっていた。誰かに指先で突かれれば、そのまま倒れてしまいそうであった。おそろしい悪戯《いたずら》である。いや、この電話そのものが悪戯であって欲しい。

「もし、もし」

茫然《ぼうぜん》としている藤堂の耳に、支社長の声が、冥府《めいふ》からの呼び声のように聞えてきた。

「社長、いかが致しましょう。会社は休みですし、事が事だけに、とにかく社長の直々《じきじき》の御指示を仰ぎたいと思いまして」

藤堂は、窓を見た。外は暗い乳色に煙って、窓ガラスを水滴だけが走っている。

「いま人足を傭《やと》って、とりあえず一カ所に集めさせています。その処置はともかく、このことが世間に知れますと、当社としましても……」

か細く訴え続ける支社長の声を、藤堂は強い声で遮《さえぎ》った。

「よし、わかった。ぼくが、すぐそちらへ行く」

「お迎えは！」

「要《い》らん。車をとばして行く。そちらの場所の目標を教えてくれ」

行くしかなかった。できることなら、大きく大きく腕をのばして、自分の体の下にかくしてしまいたかった。

電話を切ってから、藤堂は、新聞社関係へも手を打っておく必要を感じた。

おそらく現地近くの通信部あたりが動き出しているであろうが、それが記事になる段階で差し止める。それには、中央で工作しなければならない。

かねてから積み上げてきた人間関係で、マスコミ操作には、ある程度、自信がある。

だが、東京と島田では、方向が逆である。藤堂は、二つも三つも体が欲しかった。現場の火をもみ消すことが先決である以上、藤堂としては、まず御前崎へ駈《か》けつけねばならない。

東京での工作を誰に任すか。大牟田も島もすでに居ない以上、たよりになるのは、いまいましいが矢吹しかなかった。

藤堂はすぐ、吉祥寺《きちじょうじ》の矢吹の自宅への電話を申しこんだ。藤堂の忠告に従って、久しぶりに帰宅した矢吹は、この時刻、まだ眠りをむさぼっているかも知れない。藤堂からの電話の内容は、そうした矢吹をおどろかすであろう。だが、藤堂をおびやかしたほどには、矢吹には衝撃的でないはずである。

藤堂は、厚い唇《くちびる》を噛《か》みしめ、電話の通じるのを待った。

ベルが鳴った。取り上げた受話器は、冷たく濡《ぬ》れていた。先刻の電話の間、藤堂の掌《てのひら》が汗ばみながら握りしめていた証拠である。

「矢吹は留守しておりますが」

相手は、矢吹の妻の道代であった。

「留守？　留守といって、どこへ行ってるんです」

「エンプレス・ホテルにずっと……」

そう言ってしまってから、道代はあわてて、

「でも、主人はホテルにも居ないかも知れません。昨夜、一度戻《もど》ってから出かけて、

ほんとうのところ、どこへ行ったものやら……」

万一、藤堂から電話があったときは、適当にごまかしておくよう、矢吹に言われていたのであろう。

藤堂は冷笑して言った。

「それは、とんだ御主人ですな。いや、奥さんも、お守《もり》がたいへんだ」

「あの御用件は……」

すがるような声に向って、藤堂は受話器を振り下ろした。汗の滑りもあって、電話は荒々しく切れた。困惑しているであろう矢吹道代の顔が、目に見える気がした。

一呼吸置いて、エンプレス・ホテルへの通話を申しこんだ。

エンプレスの交換手が出た。矢吹の部屋の電話番号を言うと、

「あいにくお話し中でございます」

藤堂からの電話が切れるとすぐ、道代が矢吹に電話している様子であった。

受話器を下ろし、藤堂は部屋の中をぐるぐる歩き廻《まわ》った。

また矢吹に裏切られた気がした。藤堂が居ないホテルで、矢吹は何をしているのだろう。会社や組合の若手を呼びこんで、何事かたくらんでいるのではないか。

藤堂は、そのままふいに戻って、矢吹の部屋へ踏みこみたい衝動を感じた。いや、

藤堂は、もともと矢吹の部屋へ行かぬことにしている。その意味では矢吹は、藤堂が居ようと居まいと、自分の部屋で勝手に何事でも進めて居れるわけだ。そして、いまもまた……。

藤堂は、淋《さび》しい気がした。

自分がスカイラインを縦走し、雲の上のふしぎな時間を味わっている間にも、矢吹は地に足をつけ、根廻しに余念がない。矢吹はどこへ行ってしまう気なのか。

長く手をのばして、矢吹の腕をつかみたかった。この調子では、「お話し中」と居留守を組み合せて、矢吹にタイミングをはずされるかも知れぬと思った。そのときこそ、藤堂には、まちがいなく致命傷になる。

それだけではない。藤堂には不吉な想像が湧《わ》いた。

化粧品部門の数字の粉飾を最初に指摘したのは、矢吹であった。そのとき矢吹は、特別監査班をつくって徹底的に数字を洗い直し、化粧品進出の是非まで再吟味すべきだと進言した。

これに対し藤堂は、一応の再調査は認めたが、粉飾はそのままに、ストックの処分などで世間の目をとりつくろい、既定路線を進むように命じた。

矢吹は不満そうであった。悪意に考えるなら、矢吹がわざと漂着さわぎを仕組んだかも知れぬとまで思った。

藤堂は、もう一度、電話を申しこんだ。

「社長、お早うございます」

いつもながらの矢吹の声が聞えてきたとき、藤堂は正直言ってほっとしたが、同時に腹が立ってきた。

「きみは、どうして家へ戻らなかったのです」

「社長の仰言《おつしや》った通り、一度は戻ったのですが、忘れ物がありまして」

「忘れ物?」

藤堂は肩すかしをくわされた。さすがに、「何を」とまでは訊《き》けなかった。代りに
藤堂は、つとめて事務的な口調で切り出した。

「至急、きみにやって欲しい用事があります」

短く、しかし、必要なことだけは話した。矢吹も、くどくは訊いて来なかった。

「わかりました。できるだけ、やってみます」

呼吸が合った。不吉な想像は、想像でしかなかった。

藤堂は、肩の荷のひとつを下ろすように、受話器を下ろした。

窓の外では、雨に加えて、霧はますます濃くなり、杉《すぎ》の梢も、薄墨色の影でしかなくなっている。

さて、どうやって、御前崎までたどりつくか。

ここは、山中の一軒家のようなホテルである。ハイヤーを呼んでも、麓《ふもと》から上ってくるまでには、一時間近くかかる。ここで一時間の空費は痛い。

こうなるものなら、運転手を連れてくるべきであったと、藤堂は悔んだ。矢吹あたりにやかましく言われていたことだが、仕事以外は自分でという信条、それに、隼などに会ったりする都合もあり、藤堂は相変らず、ときどき自分でハンドルを握っていたのだが。

誰か運転できる男を探す術《て》もあるが、国産車ならともかく、馴《な》れない外車を悪天候の中で運転させては、かえって危険でもある。結局は、藤堂が自分でベンツを走らせて行く他《ほか》なかった。

スカイラインは、前日と打って変って、雨・風・霧の三重苦の道であった。

害意を持つ軍勢のように、霧は視野一面をかくし、真向から立ち向ってくる。雨が窓をたたき、屋根を洗う。風が車を持ち上げにかかる。

山の霧は、走る生物でもあった。すばやく前へ前へと立ち廻り、上から、下から、右から、左から、襲いかかってくる。

藤堂は、ヘッドライトをつけて突っ走った。もう速度計には、目をやらなかった。カーブや勾配《こうばい》の多い道。スリップすればそれまでであったが、ほとんどアクセルをゆるめず走った。

悪天候のため、車は少なかった。黄色いフォッグ・ランプをつけて走ってくる車、ヘッドライトを点滅させて警告する車。そうした数少ない対向車とは、うなりを立てて、すれちがった。先行車には、しばしば追突しそうになった。

水滴の向うに、運転者の怒った顔、おびえた顔を、いくつか見た。気ちがいの運転かと怪しむ顔も見た。

ベンツは、おそろしい勢いで走った。もし事故に見舞われたとしても、それはそのときのことだと思った。

藤堂はもはや何の幻も見なかった。霧と雨と風に向って、ひたすらにアクセルを踏みこんで行った。

雨と風と霧の中を狂ったように疾走して三時間余、藤堂は支社長に迎えられて、御前崎の海岸に下り立った。

まだ海は荒れていて、汐のにおいとともに、しぶきが襲いかかった。手をかざして見ると、はるか先の波打際《なみうちぎわ》まで白いガラス壜《びん》が散乱している。

「あんな先までひろがっているのか」

藤堂が嘆息をつくと、支社長はけげんな顔をした。

「あれは、海岸の小石です。壜はすべて、こちらへ拾い集めて」

支社長は、別の方向を指した。松林の一劃《かく》に白黒茶色とりどりの壜を積み上げた山ができ、人々が群がっていた。

汐風に顔をはたかれながら、藤堂はその方向へ歩き出した。

雲が速い。暗い茄子紺色《なすこんいろ》の雲の層が、海を蔽《おお》うようにして西からのびてくる。その上をちぎれ雲が走る。空のひとところと沖合の一点が照応するように輝いている他は、すべてが鈍色《にびいろ》の世界である。

歩いて行く先の砂浜には、烏《からす》の大群が舞っていた。斜めに降下する烏もあれば、水際で何かをうかがっている烏もいる。痴呆《ちほう》のように空を見上げている烏もある。

藤堂は、そうした烏の群れの中に、ひとりとり残されている人間という気がした。

〈みんな、ばかばかりだ。だから、ぼくひとりが、こうした目に遭わねばならぬ〉

藤堂は、憤然として歩いた。

だが、地元民に触れたとたんに、藤堂は絹の感触をとり戻した。やわらかな物腰で、漁網を傷つけ浜を汚したことについて詫《わ》びるとともに、この件はぜひ町ぐるみで内分にしておいてほしいと、たのみこんだ。

〈町の人には眼《め》をむく出来事かも知れぬが、これは、企業競争上のやむを得ない処置である。ただ、このニュースがライバル会社に悪用されると、こちらは手痛い打撃を受ける。ここはひとつ、ぜひ助けて下さい〉と頭を下げた。

華王紡は、戦前から、近くの藤枝《ふじえだ》と浜松にも工場を持っており、土地の人たちは、華王紡の大きさをよく知っていた。その天下の華王紡の社長が、わざわざたのみに来られたのだから、よほど複雑な事情あってのことであろうと、むしろ藤堂に同情した。

人手集めやトラックの配車にも進んで協力してくれ、浜いちめんに散らかっていた化粧壜も、その日の夕方までには、ほとんどかたづけられた。トラックは、幾重にも幌《ほろ》をかけて、横浜の船会社の倉庫めざして出て行った。船会社の責任で、小笠原《おがさわら》水域あたりへでも再投棄させるつもりであった。

東京では、矢吹が精力的に対新聞社工作を進めた。一紙だけが、どうしても経済面のゴシップ欄にのせると言っていたのも、ねばりにねばって、中止させた。

矢吹は、それが、藤堂の危機というより、華王紡という運命共同体の危機だという意識で動いた。

繊維関係各社が軒並み赤字を出している中で、藤堂の華王紡ひとりが黒字決算を発表、さすが藤堂のカムバックしただけのことはあるといわれていたが、その黒字は化粧品を核とした非繊維部門から出ている。

もしここで御前崎の一件が表に出たら、当然、その決算に疑いが持たれ、粉飾が追及されることになり、華王紡そのものへの世間の信頼が崩壊しかねなかった。

内部の責任追及は二の次として、とにかくいまは、飛ぶ火の粉をもみ消して廻らねばならなかった。

藤堂も帰京すると、矢吹に協力し、新聞だけでなく、週刊誌や経済誌に対しても工作を進めた。おかげでその事件は、一月ほどして経済雑誌のひとつの小さな囲み記事になっただけで、荒立てられずに済んだ。


「社長、だいぶ瘦《や》せられましたな」

「相変らず不眠症がひどいのでねえ」

「あんな事件が起ったんじゃ、誰《だれ》でも、しばらくは安眠できんでしょうが」

「いまじゃ、華王紡の女の子まで三白眼を大きくしてうなずいた。「いまじゃ、華王紡の女の子までぼやいてますぜ。海に棄てるぐらいなら、なんで、わたしらにくれなかったと」

「……しかし、もういい、おさまったことだ」

「とにかく御同慶で。ところで社長、ダイヤモンドもええけど、やっぱり、勝負は糸です。華王紡は、糸で行くべきです」

藤堂は、無言でうなずいた。

隼の指定した柳橋《やなぎばし》の料亭《りようてい》の一室。溯行《そこう》する船のエンジンの音は聞えてくるが、眼の前は高いコンクリートの岸壁堤防でふさがれている。

男二人だけで向い合っているのに、どこからともなく、脂粉のにおいが漂っていた。

「糸というなら、例の件はどうなったのかね」

「相原は、手ごわい。先代の息子を、今度は常務にしました。次期社長のふくみです。自分たち華王紡からの出向組には、経営上の野心のないことを示して、三河絹糸の全社的結束をとりつけようというんです。ある意味で、彼等《かれら》の本心でもありましょう。とにかく華王紡への抗戦一途《いちず》でかたまってます。よほど、藤堂社長をきらってる、いや、こわがってるんですな」

隼は、眼の端でちらちら藤堂を見ながら続けた。

「先代の息子というのが、これまた切れ者で、敵に廻したら、よけい手ごわい相手です。その意味でも、やるなら、いまです」

「それで、きみの方はどうしたのだ」

「もちろん吉報があればこそ、お呼びしたんです。ほら、ここに」

隼は、どこかの旅館の名入りの便箋《びんせん》に走り書きしたのを、藤堂に差し出した。

「こういう先生方が、三河絹糸の株を持ってくれることになりました」

藤堂も名前を知っている野党の代議士の名前が、十名近く書き出してあった。

「お礼はどうする」

「金銭ずくじゃありません。先生方のねらいは、三河絹糸の政治献金の追及です。国会で不発なら、株主総会で問いつめようという。正に政敵への執念です」

おもしろくもないのに、隼はかすれた声で笑い、

「このリスト見て、三河絹糸の名義書換担当者は、びっくり仰天して、相原社長に注進したでしょう。いや、たいした顔触れ、たいした効目ですぜ」

自画自讃《じさん》する隼に、藤堂は念を押した。

「先生たちは、ほんとうに株主総会に出てくれるんだろうな」

「もちろんです。もっとも、先生方は切札で、その前に前座として、わたしができるだけのことはしておきます」

「……………」

「ところで、資金の方を……。もう少し株を買い足しませんと」

隼は、便箋をひっくり返し裏に数字をさらさらと書いた。

「そんなにか」

「何も社長のポケットマネーを下さいというんじゃありません。この前と同じやり方で、社長の保証をもらい、銀行さんから貸してもらえばいいんです」

隼は三白眼の動きを止め、じっと藤堂の眼を見つめた。ねばねばする眼であった。蛙《かえる》じゃあるまいし、この眼に呑《の》まれてたまるものかと、藤堂もにらみ返した。

「社長、失点をとり戻すには、三河絹糸ですぜ」

隼の貧相な顔から、刺すような声が漏れてきた。

「失点?」

「そうです。化粧品の件は、失点1とちがいますか」

藤堂は、大きく息を吐き、顔をそむけた。

「何もきみに言われることはない」

それには答えず、隼は、そむけた藤堂の視線の前へ便箋をひらつかせた。

「よろしいですな、社長」

「……仕方がない」

そのとたん、便箋は糸ででもたぐられるように、隼のポケットへ消えた。


隼と会った後味は、よくなかった。

「失点」とか何とか、短時間なのに、ずいぶんいやな言葉を聞かされたという気がした。それに、「勝負は糸だ」などとは、隼に言われるまでもなかった。

ダイヤモンド計画と銘打って華々しく非繊維部門へ展開して行ったのも、華王紡を活力ある会社に見せておくためである。合化繊への進出や設備の近代化など、繊維部門を強化する資金を銀行筋から引き出すためには、華王紡を活力も魅力もある会社にしておかねばならなかった。

ダイヤモンド計画のおかげで、華王紡は異常な好決算を示し、「抜群の業績」とか「綜合《そうごう》経営の強み」などと、たたえられもした。

もっとも、銀行筋は眩惑《げんわく》されなかった。役員派遣と引きかえなら融資に応じると言っていた三友銀行は、藤堂はじめ全役員が反対したため、華王紡から手を引いた。このため、華王紡としては、新しい銀行系列を探す必要に迫られていた。

　これは、かなり難かしい宿題であった。

　化粧品部門が、倉庫に寝かせたままの商品を、決算時には「売掛」として売上に入れ、決算が終ると返品伝票を切って在庫に戻《もど》すという操作をしていたように、華王紡の決算諸表を原簿にさかのぼって徹底的に洗い直すなら、銀行にとって魅力どころか尻《しり》ごみする材料が出て来そうであった。

　御前崎事件について、役員会での追及はなかった。

　矢吹も黙っていた。不気味な沈黙ともいえた。藤堂を見限ったというか、あるいは藤堂に暴走させて行くところまで行かせようという肚《はら》なのだろうか。

　藤堂としては、あくまで積極策を進める方針であった。背伸びしている中《うち》に、ほんとうに背が伸びるということもある。種子《たね》は広くまかねばならない。拡大政策をとり続けて行く中、どれかが芽をふくであろう。

　三河絹糸だけでなく、他の企業を吸収合併することで、その企業の在来の融資銀行をつかむというメリットもある。ただやみくもに突っ走ろうというのではない。

第五章

「盲千人、目明き千人」という。眩惑できる人間が、人口の半分は居る。だから、企業はいつも派手に打って出る必要がある。

天城《あまぎ》のホテルで読んだ文献のひとつにヒントを得て、藤堂《とうどう》は日仏合作で婦人服を売るというプランを立てた。

提携先は、パリの婦人服会社オーゼ。語呂《ごろ》もよかった。商品名を「オーゼ・オ・ジャポン」とし「生地《きじ》は華王、仕立はオーゼ」のキャッチ・フレーズで売ることにした。最初の製品のためには、ジェット機一台を借り切って反物をパリへ運び、半月後、やはりジェット機を借り切り、婦人服にして持ち帰った。

そのとき、帰国しようとする日本人女子学生などを狩り集めてモデルに仕立て、羽田のタラップを三十数人が色とりどりの「オーゼ・オ・ジャポン」の婦人服を着て下りるという演出をし、テレビ・ニュースや新聞・週刊誌に大きく取り上げさせた。続いて都内のホテルで展示即売会を開いたところ、宣伝のためコストを割る売値をつけたということもあって、五日間の会期が終らぬ前に、全点売り切れた。

その成功を見届けた上で、藤堂自身がパリに飛んだ。もうかる商売に練り上げるために、オーゼ側と仕立賃の値下げなどについて商談を煮つめる必要があったからである。

それに藤堂には、商社駐在員の夫に従ってパリに住む一人娘の厚子に会うたのしみがあった。

かつての社長時代には、藤堂は何か用を見つけては、年に幾度かパリに寄ったものだ。藤堂の持つ数次旅券は、娘に会うための旅券だと、蔭口《かげぐち》をきかれたこともある。厚子は、藤堂にとって、ただ一人、ポーズをとらずに話のできる相手であり、この世の慰めであった。会長に棚上《たなあ》げされてからは、その慰めにも会わないできた――。

パリに着いて三日目の午後、藤堂は厚子とともに、地下鉄に乗った。郊外に移った厚子が、新しく借りた家をぜひ見せたいというのだ。

ナシヨン駅で、新設の郊外電車に乗りかえた。切符《きっぷ》の発売から改札まで完全無人化された駅で、真赤な球型の椅子《いす》が並んでいたりし、いかにもパリらしい、しゃれた新しさがあった。厚子には、そうした駅や電車を藤堂に見せたい気持もあったようだ。自動販売機で買った切符を、無人改札機の口にはさむと、機械の中で検札するらしく、遮断棒《バー》がはずれて人を通し、切符を戻《もど》してくれる。

「どこにも鋏《はさみ》が入っていないのに、一度使った切符でやるとだめなのよ、お父さま、これでやって見てごらんなさい」

厚子が悪戯《いたずら》っぽい眼《め》つきで、以前使ったものらしい切符を渡してきた。

藤堂が渋い顔をしていると、厚子は自分でそれを改札機の口にはさんだ。遮断棒《バー》は下りず、代りに黄色いランプがついて、ブザーがけたたましく鳴った。

まわりの人々がふり返る中で、

「ね、この通りよ」

厚子は、にこにこしている。

「仕様がないな。いつまでも子供で」

藤堂は苦笑したが、その言葉とはうらはらに、急にやさしく熱いものが胸にひろがるのを感じた。

ジュラルミン製の電車も、静かで快調に走った。どの駅にも駅員の姿はない。

「新しいものはいいなあ」

「そうでしょ。御満足？」

「会社の設備も、こんな風に新しくしたいものだ」

「おやおや」

厚子が、大げさに黒い眼をみはる。そうした他愛のないやりとりも、藤堂にはうれしかった。

下りた先は、マルヌ河がゆったりと流れている緑の多い閑静な住宅地であった。住宅地のはずれ近くの厚子の借家は、寝室が二つしかない古く小さなもの。その庭で兎《うさぎ》を飼おうとして逃げられたなどという話をしながら、厚子がお茶をいれて持ってきた。

テーブルをはさんで向い合うと、厚子はあらためて思い出したように言った。

「お父さま、久しぶりね」

黙ってうなずく藤堂に、

「いろいろなことが、あったんでしょ」

「まあね」

「仕事でお疲れになったら、こちらへ来て、ゆっくり静養なさるといいわ」

サイドボードの上に、婿《むこ》の隆夫《たかお》の写真が飾ってあった。

「隆夫君は、このところどうかね」

「元気よ。ここへ移ってからは、気分も休まると、はりきってるわ」

「やっぱりだめかね」

藤堂のがっくりしたような声に、

「え、何のこと」

厚子は一度声を立ててから、

「お父さまは、まだ、そんなこと考えていらっしゃるの」

たしなめるように言い、

「社長は世襲でなくたっていいんでしょ」

「……もちろんそうだ。だが、世襲であったっていい」

藤堂の脳裏には、そのとき、やがて社長に予定されているという三河絹糸の二代目のことがひらめいた。そうしたお膳立《ぜんだ》てをする相原たちが、藤堂への面当《つらあ》てをしているようで、憎らしくもあった。いよいよ三河絹糸は許せないと思った。

藤堂は、婿の隆夫に華王紡への入社を再三すすめた。能力次第だが、行く行くは隆夫社長の実現を夢見た。

藤堂は、隆夫に説いた。

藤堂にとって、父の幸有は、人生の大きな仮想敵であった。その仮想敵があればこそ、藤堂は早くから、いわばエンジンを全開して人生を生き抜いてくることができた。今度は隆夫が藤堂を仮想敵として、精いっぱい張り合って生きて行く。先代を抜くことは親孝行であり、同時に華王紡全従業員への奉仕にもなる。それこそ、人生における最も大きく美しい競走《レース》のひとつではないかと。

そのとき藤堂は、実は、婿の生甲斐《いきがい》だけでなく、自分自身の生甲斐をも考えていた。腹心の矢吹さえ目を放せぬ会社。肉親に引き渡しておけば、万一裏切られることがあっても、肉親内のこととて怨《うら》むこともない。それも、一つのレースとあきらめる。

だが、レースそのものが成り立たぬというなら……。

幸有と張り合い憑《つ》かれたように走ってきたことが、すべて無償の努力に終ってしまいそうであった。社長をやめると同時に、華王紡は藤堂にとって、そらぞらしく空《むな》しいものに化してしまいそうである。

これまで藤堂は人生を過程として考えてきただけなのに、残高としての人生を考えるようになっていたともいえる。もしそうなら、残高を守るために藤堂のできることは、終身社長として、最後の最後まで王国を拡大しながら君臨し続けることだけであった――。

「それより、お父さま、いいことを教えて上げる」

厚子は、ふくみ笑いをしながら、藤堂の耳もとに口を近づけた。

「これで住まいも落着いたし、わたしたち、来年あたり、赤ちゃんを持とうと思うの」

「え？」

藤堂は、何となくたじろいだ。

「おじいちゃまと呼ばれるのは、おいや？」

藤堂は、物うく首を横に振ったが、たしかに、いやな面もあった。

「おじいちゃま」などと呼ばれて、眼尻《めじり》を下げるようなことがあってはならない。いつまでも働きざかりの若い人間であり続けたい。世帯疲《しょたいづか》れし、孫だけが救いのような老人にはなりたくない。それなのに、「おじいちゃま」という呼び方にはそういう人々と藤堂とを無差別にしてしまうひびきがある。

「本心は、おいやのようね。何しろ、お父さまはスタイリストだから」

厚子は、おちょぼ口を歪《ゆが》めるようにして笑い、

「何なら、そのまま『お父さま』と呼びましょうか」

「それなら、隆夫君をどうする」

「うちの人は、『パパ』と呼んで区別するわ」

「そんな無茶な」

父娘《おやこ》は顔を見合せて笑った。

鎌倉で一人暮ししている妻のことを、藤堂は、ふっと思い出した。そういえば、厚

子のきれいな襟足《えりあし》には、若いころの妻の面影《おもかげ》があった。

「お父さま、何を見ているの」

「……うん、厚子もついに母親になる気になったかと思って」

「当然のことでしょ。これまでだって……。ただ、いつまでパリの裏町を転々とするかも知れぬと思って、つい……。今度は、もうここに落着くんですもの」

「隆夫君は、当分パリを離れぬつもりらしいな」

「そう。会社の方でも、ずっとヨーロッパを担当させたいらしいの」

厚子の声は、終りの方が弱くなった。その文句が、藤堂には酷薄にひびくと感じたためであろう。

厚子は、そのまま、まじまじと藤堂を見、

「お父さま、白髪《しらが》がふえたわね」

「銀髪と言ってくれ」

「はい、言い直します。シルバー・グレイ。これなら、いいでしょ」

二人はまた笑ったが、今度の笑声は、少し淋《さび》しかった。

厚子は手をのばし、藤堂の髪に触れた。

「ほんとに白髪が、いいえ、銀髪がふえたわ」

「おい、よせ」

そのくせ、藤堂には、いま少し触れてもらっていたい気持があった。

「お父さま、このごろ、よく眠れる?」

小さくうなずく藤堂に、厚子はたたみかけた。

「クスリはまだ飲んでるの」

「まあね」

パリに来ての藤堂の最初の買物が、強力な睡眠薬であった。

「クスリはやめてね、おねがい」

厚子は、触れている手に力をこめた。藤堂は切なくなった。同時に、こうした肉親にこそ、会社を残したかったと、うらめしく思った。

狭い庭には、朱金でまぶしたような夕陽《ゆうひ》の日だまりができていた。

「今夜はここで泊ったら」

「そうは行かない。夕方七時には、ホテルへ人が来る」

「パリまで来ても、ゆっくりなされないの」

「こうしている間にも、日本ではみんなが働いていてくれているからね」

藤堂は少し冗談めかして言った。

「また口ぐせがはじまった」

「事実、その通りなんだから」

「他《ほか》の社長さんたちも、そんな風に考えているのかしら」

「考えなくちゃ、うそだね」

二人は、しばらく押し黙った。

「今度はいつ」

「当分来ないかも知れん。いろいろ仕事が重なっていてね」

「社長になど、お戻りにならなければよかった」

残高としての人生論など、厚子には通用しそうもなかったし、逆に厚子の言葉には、それはそれで、強い人生の実感があった。

藤堂は、「ううん」と、うなるように言ってから、

「しかし、会社のためには、そうは言っても居られない」

「仕事を他の人に分担させたら」

「そのつもりだ。海外関係も、今後は若い重役にやらせる」

「あら、海外だけはお父さまがなされればいいのに。それではますます会えなくなるでしょ」

「そうはいかん。まず内部を固めなくては」

「あら、まだ固まってないの」

藤堂は苦笑し、

「固まり過ぎて、ひび割れするということもある」

とだけ言った。

息子なら、そこで打ち明けて話し、話すことで少しは気の晴れることもあろう。だが、娘相手に話せることではなかった。すべて自分ひとりで戦い、ひとりで背負って行く他はない。

菫色《すみれいろ》の夕闇《ゆうやみ》の降りはじめた裏庭を眺《なが》め、藤堂は永遠に休まることのない心の疲れを感じた。


「内部を固める」ために藤堂が打った手は、従業員の定年制を廃止するということであった。

藤堂は、帰国後最初の定例役員会で、突然それを提案した。

奇襲であり、賭《かけ》であった。

藤堂が進んで役員会に提案するということも珍しければ、その提案内容も意表を衝《つ》いていた。

矢吹をふくめ役員たちは、あっけにとられて、藤堂を眺めた。

そうした顔を見渡しながら、藤堂は一つ一つ石を打ちこむようにして、提案理由を述べた。真向から議論してくれというわけで、これもそれまでの藤堂には見られなかった態度であった。

藤堂は語り続けた。

幸有社長以来の華王紡の伝統ある温情主義を現代に活《い》かすには、従業員から最大の不安である定年後の不安をなくしてやり、生涯《しょうがい》雇用を約束してやることである。平均寿命ののびた今日、五十五歳の定年は事実、早過ぎ、その後も熟練労働力として十分活用できる。

それに、この温情策を実施すれば、華王紡のイメージ・アップとなり、華王紡に余裕のあることを世間に示すことになるため、融資や増資対策上にも役立つ、と。

奇襲の効果は、十分であった。

藤堂が説明を終っても、役員たちからは、しばらく声が出なかった。藤堂は、腕を組んで発言を待った。不眠の夜を重ねながら考えただけに、この賭には自信があった。可否いずれを問わず、藤堂はこの提案をしたことを記者たちに発表するつもりで居る。

このため、妙な言い方だが、この賭は、勝っても負けても、藤堂の勝ちになる。

提案が通れば、もちろん藤堂の指摘したような効果が上るばかりか、従業員は藤堂に歓呼し、マスコミはいっそう藤堂を大社長としてもてはやすことになろう。マスコミ関係者とて、人の子。定年後の不安はある。あの若い記者だって、いつかは三人の子供を抱えて、定年の悩みに陥るはずである。そうした彼等《かれら》にとって、定年制廃止は、他人事《ひとごと》と思えぬ吉報なのだ。その波のひろがらんことを祈って、特筆大書してくれるにちがいない。

一方、万一、否決されれば、それはそれで、彼等は藤堂に対し大いに同情的な筆をふるってくれるであろうし、反対した役員なり役員会へは従業員の憎しみが爆発し、逆に藤堂への親近感は強まるであろう――。

「社長は、余裕を誇示するといわれましたが、ほんとうに余裕あってのことならいいのですが……」

ようやく、役員の一人が言い、他の何人かがうなずいた。もちろん、藤堂には、その答えは用意ずみであった。

「明年度の定年退職該当者は、百六十人。この雇用延長による年間賃金支払増は、二億足らずです。平均年売上千五百億純利益十五億の当社としては、余裕があるとは言えませんか」

藤堂は、その役員の眼を見据《みす》えて言った。

売上や利益の数字が額面通りでないことに、役員たちは気づいている。だが、その役員は、それ以上、藤堂を追及して来なかった。

藤堂は、矢吹に眼を移した。視線にしだいに光をこめて見つめる。

藤堂は、矢吹の挑戦《ちようせん》を覚悟し、待った。だが、矢吹は、やや伏目のまま、藤堂を見ようとはしない。

ひとつ咳払《せきばら》いし、その咳払いで元気をつけるようにして、別の役員が口を開いた。

「幸い、明年度は該当者も少ないのですが、これが五年後十年後になると、どうなりますでしょうか」

質問というより、お伺いを立てるような言い方であった。

藤堂は、すかさず反問した。

「あなた、五年先十年先も、当社の売上や利益が、いまのまま頭打ちしていると見るわけですか」

それが答えにならぬ答えであることはわかっていたが、相手のそれ以上の発言を封ずるには十分であった。それから先は、見通しの相違についての議論になり、決着がつかない。その際、藤堂には、「わたしの永年の勘によれば」という得意の台詞《せりふ》もある。

矢吹が咳払いした。藤堂は、あわてて矢吹に眼を戻《もど》した。

だが、矢吹は額に手を当てただけで、何も言わなかった。

役員会が乗気でないことは、藤堂にはわかっていた。この提案で男を上げるのが、藤堂ひとりであるからだ。矢吹もまた不乗気な一人にちがいない。かつてのように事前に相談していれば、矢吹は積極的に賛成の発言をしてくれたかも知れない。だが、それでは、いよいよ社の内外での矢吹の力を強めるだけである。また、この提案に矢吹の援護など必要ではなかった。

ただ、矢吹が黙ったままなのに、藤堂は拍子抜《ひようしぬ》けがした。けじめのつかない思いもあった。

「矢吹君の意見はどうです」

藤堂は、名指しで促した。矢吹は、白っぽい丸顔を起し藤堂を見た。

「わたしも、いま出たお二人の御意見のような危惧《きぐ》は持ちます」

矢吹はそこで一息つき、眼鏡の奥の眼をきらりと光らせた。

「もし、その危惧が杞憂《きゆう》にしか過ぎないものなら、反対する理由はありません」

藤堂は、すかさず念押しした。

「消極的賛成ということですね」

「……そうです」

藤堂は、これで勝負あったと思った。圧倒的な勝利である。勝つことで勝ったのだ。


定年制廃止のニュースが流れると、果して反響は大きかった。

次々とインタビューや取材にやってくるマスコミとの応接のため、藤堂は半月ほどは仕事も手につかぬ状態であった。

藤堂は「時の人」となり、現代の王者や英雄扱いされた。さすが華王紡と、その余裕や温情主義を書き立てられ、狙《ねら》い通り、企業のイメージ・アップともなった。

マスコミは他愛がないというより、明るく派手な話題に飢えていたし、「人の子」の泣き所に訴えもしたからである。「いつまで続くか」「空宣伝《からせんでん》に終りはしないか」などという懐疑的な論調もないではなかったが、雪崩《なだれ》のような藤堂讃美《さんび》の報道に押し流された。

藤堂は久しぶりに満足し、自分が居るべきところに納まった気がした。

だが、それよりもっと藤堂をよろこばせたのは社内の従業員たちから、熱っぽい感謝の手紙が殺到したことである。

手紙の封を切る度に、藤堂は歓呼のどよめきを耳にする気がした。それは、いつか都市対抗野球の応援に出かけたときいっせいに藤堂に向けられた熱気と興奮を思い出させた。

男の声。女の声。若い声。老いた声。終戦後の工場行脚《あんぎゃ》のとき、藤堂めがけて差し出された無数のいそぎんちゃくの触手のような手が、ふたたび藤堂の眼に見えてきた。右手だけで足りず、もみくちゃになりながら両手で握手して歩いたあのとき。手がしびれて、ペンが持てなくなったあのころ。その感激が、いま静かに形を変えて、藤堂を包んでいた。

藤堂は、従業員に「家族」をとり戻した、と思った。大社長になるにつれやむなくできていた障壁が、すべてなぎ払われて、従業員男女が、藤堂のすぐまわりに集まってきた。従業員は「組合」に代表され矢吹の向うに隠されていたのに、いまは「家族」になって、矢吹たちを乗り越え藤堂の許《もと》に駈《か》け寄ってきた感じであった。

「定年制度廃止に、きみまで賛成したのかね」

大牟田《おおむた》は茶をたてながら、合点が行かぬといった眼で矢吹を見た。

「ええ……」

「どうしてだね」

矢吹は答えず、微笑をうかべた。

「きみは組合をつかんでいる。だから、組合側の肩を持ったのかね」

「いえ、今度の問題は組合とは無関係です。温情主義の伝統を生かそうという社長御自身の発案によるものなのですから」

「温情主義か」

大牟田は反芻《はんすう》し、

「温情主義でなくたって、社長なら誰《だれ》でもやってみたいことさ。拍手され感謝されるにきまっていることだからな。ただ、現実が許さない。掃いてすてるほど会社に金があまってでもいれば別だがね」

大牟田は矢吹に眼を当てて、

「簡単な話だが、会社の賃金基金は一定だ。老人たちにそれだけ多く払えば、働き盛りや若年の賃金がちぢまざるを得ない。従業員も一度はよろこんだかも知れぬが、少し考えれば、そらおそろしくなるはずだ」

矢吹は、白い頬《ほお》を振って、他人事のように小さくうなずく。大牟田は、たたみかけた。

「それとも、藤堂さんは、もう自暴自棄で、高齢者に高賃金を大盤ぶるまいしたあげく、『退職金に当てる金はなくなりました、はい、さようなら』と言って投げ出すつもりだろうか。定年を設けぬというのは、つまり、そういう無責任宣言をするのと同じことじゃないのかね」

大牟田は茶筅《ちゃせん》を置き、そこでまた、じろりと矢吹を見た。

「現実の問題として、二、三年先がたいへんだよ。高年齢・高給しかも低能率の人間を何百人も食わせなければならなくなる」

「そのときはそのときです」

矢吹は意外にきっぱりと言った。無責任というより、何事かを予想した言い方であった。

「それはどういう意味だね」

「わたしたちは、あれはあくまで暫定案《ざんていあん》として賛成したのです」

「しかし、新聞発表には、少しもそうしたニュアンスはなかった。藤堂さんだって、本気で暫定案を発表する人じゃない」

「社長はもちろんいつまでもやって行くつもりでしょう。一、二年で打ち切ったら、社長としての生命にかかわりますからね」

「しかし、いまのままでは打ち切らざるを得んだろう。打ち切らなければ、会社が危ない。きみの言う運命共同体全部が危なくなる。きみは、運命共同体まで危なくして、社長に追随しようというのかね」

「いえ、わたしは運命共同体をとります」

「それなら」と言いかけて、大牟田はうなずいた。「なるほど、きみは……」

矢吹の広い額の中で考えられていることを、大牟田はふっとのぞいた気がした。

ここは、藤堂社長に突っ走らせておく。すると一、二年後に藤堂は自分で自分の首を締めることになる。社長としての生命を自分で絶つか、あるいは「運命共同体」のために絶たれることになろう。矢吹の言う暫定案とは、社長藤堂の存在そのものをふくめた言葉ではないのか。

経営者の世界は、一時も休まぬ弱肉強食、豺狼《さいろう》のさまよう巷《ちまた》だ。

「昨夜、久々にテレビを通して藤堂さんを拝見した。たいそう元気のように見受けたが……」

矢吹は黙ってうなずく。大牟田は謎《なぞ》をかけるように続けた。

「あの藤堂さんにしても、遠からず、この世はすべて夢の如《ごと》く候《そうろう》という感慨を持ちかねないことになるね」

尊氏《たかうじ》の願文《がんもん》の一節を織りこんで言ったのだが、矢吹は反応を示さなかった。代りに、矢吹は落着き払って茶碗《ちゃわん》をとり上げた。

「それでは頂きます」

作法通りに茶碗を傾け、茶をすすった。

百舌《もず》のけたたましい啼声《なきごえ》が聞えた。秦野《はだの》に近い大山山麓《さんろく》。大牟田の質素な山荘である。近くに小さな禅寺の在ることも気に入って、大牟田はそこを終《つい》の栖《すみか》と定めた。

不本意に辞任させられてからというもの、大牟田はもはや目と鼻の先の厚木にある会社の方へは見向きもせず、晴れれば、庭木やささやかな畠《はたけ》の手入れ。曇れば坐禅《ざぜん》を組み、書を読むという清々した生活をたのしんでいた。

その澄み切った空気の中へ一陣の血腥《ちなまぐさ》い風が舞いこみ、矢吹という人間の形をとって坐《すわ》りこんでいる感じであった。

土曜日の午後である。矢吹は会社の帰り、御無沙汰《ごぶさた》のお詫《わ》びに立ち寄ったという。藤堂は関西へ行っているとのことであった。

それにしても、大牟田と矢吹の関係は微妙である。大牟田は、矢吹の藤堂追落しのはずみで社長になれたが、次に藤堂復活のために矢吹によって締め出された。大牟田にしてみれば、いわば自分に煮え湯を飲ませた、釈然としない相手なのだが、矢吹が何のこだわりもない顔で立ち現われたため、ひきこまれるようにして招じいれてしまった。

ひとつには、誰とも気軽に淡くつき合って行こうという大牟田の性分のせいもある。そこをまた、うまく踏みこまれた形であった。

「ところで、ひとつ、大牟田さんの御意見を聞かせて頂きたいことがあるのですが」

茶を喫し終った矢吹が、居ずまいを改めて切り出したとき大牟田は緊張した。やはり、この男、ただの久闊《きゅうかつ》を叙しにきたのではなかったのだと。

「華王紡のことについては、御免蒙《こうむ》るよ」

早々と予防線を張った。矢吹は微笑した。

「うちのことではありません。いくつかの会社について、技術面から大牟田さんはどう評価されるか、お聞かせねがいたいのです」

矢吹は、そこで五つほどの会社の名をあげた。いずれも繊維メーカーだが、共通していえるのは、繊維不況の中でもとくに業績のよくない問題会社だということである。

大牟田がその点に触れ、

「どうして、こんな会社のことばかり訊《き》きたいのかね」

と首をかしげると、矢吹は口もとの微笑を深めた。ただ眼鏡の奥の眼からは笑いが消えていた。

「これは、ここだけの話ですが、社長の肚《はら》は、業務の拡大の中で事態を曖昧《あいまい》にし解決して行こうということです。いつかこうした会社の吸収合併の問題が起ると思いますが、社長はおそらくそれを今度と同様、電光石火の勢いで打ち出してくるでしょう。そのときに備えて、わたしもいまから勉強しておきませんと……。もちろん、これはわたしひとりの勉強の問題です。そのおつもりでお聞かせ下さい」

大牟田は、矢吹の大きな体に詰め寄られた気がした。

「しかし、わしは最近はもう……」

逃げようとするのを、矢吹は遮《さえぎ》った。

「新しいデーターについては、別に勉強します。わたしは大牟田さん御自身の技術者としての綜合《そうごう》評価をお伺いしたいのです。大牟田さんの『永年の経験の勘』でおっしゃって頂きたいのです。何も、『永年の経験の勘』は藤堂社長おひとりのものに限りませんからね」

「そういえば、そうだったな」

大牟田は苦笑した。

「わしも島君も、もっと『永年の経験の勘』を主張すればよかった。頭から藤堂さんの専売特許ときめこんでいたが、誰にも『永年の経験の勘』があるわけだった」

大牟田の気持はほぐれた。矢吹に問われるままに、それら各社の技術の強みと弱み、設備の良否、労働の熟練度、技術面から見た将来性について次々と話した。

もはや、百舌の声も耳に入らなかった。大牟田は、後で自分でもおどろいたほど、よくしゃべった。自分が責任のない立場で、しかも勘だけでしゃべればよいという気楽さのせいもあったが、知らず知らず矢吹の言葉に刺戟《しげき》され、永年の蓄積を洗いざらいぶちまけようとする勢いにもなっていた。

矢吹も聞き上手であった。たくみに大牟田の話を聞き出ししかも、話す大牟田を満足させた。しばらくそうした話題から遮断《しやだん》されていただけに、大牟田にはとめどもなくしゃべりたい衝動があり、むしろ矢吹によってその衝動が充《み》たされた思いもあった。

生々としゃべっている中《うち》、大牟田はそうした自分にふっと哀惜の念を感じもした。さっぱりした境涯《きようがい》とはいいながら、現在の生活では、そうした永年の蓄積のすべてが、空《むな》しく死んでいる。これは、大牟田個人の損失というより、もっと大きな社会的損失のような気がする。

もちろん大牟田は、華王紡社長へ返り咲きたいなどというのではない。何らかの形で、自分の中の蓄積が華王紡という運命共同体に役立つものなら、と思った。話が一段落したところで、大牟田はそうした自分の気持をにが笑いしながら、口にした。

「きみはまるで寝た子を起しに来たようなものだな」

矢吹は笑いもせず、大牟田のその言葉を受けとめた。

「これからも、いろいろとお力添え頂きたいと思います」

深々と頭を下げる。大牟田は、ますます寝た子を起されたような気がした。

大牟田は、矢吹が単に久闊を叙しにやってきたのではないと思った。といって格別何かの伏線をはりにきたというのでもない。もっと深く奥のところで、大牟田をつかまえにきたという感じであった。そして、そのことにむしろ大牟田は好意さえ感じている。釈然としない相手のはずであったのに。

大牟田がもともと淡泊な性格のせいでもあるが、懐《ふとこ》ろにとびこんでくる感じの矢吹の言葉に動かされてもいた。大牟田は久しぶりに、はりのある言葉に触れ、力のある会話をしたと思った。枯れた生活の中に、生きた色が射《さ》した。

大牟田は、一種の親しみと、逞《たくま》しさを感じながら、矢吹を送り出した。

白いジャガーは、黄ばんだ林のかげの山道を抜け、みるみる遠ざかって行く。それは、大牟田を現実の世界へつなごうとする白いひとすじの糸のようにも見えた。下駄《げた》をつっかけ、腰に手を当て、見送りながら、大牟田はいままでとはちがう意味での清々した気分を感じ、生きた呼吸をした。

白いジャガーは、かなりのスピードで秦野の街なみへ走りこんで消えた。

家の中へ戻りながら、大牟田は、これまで同じようにして矢吹の訪問を受けたであろう華王紡の大株主や長老たちの気持が、そのとき、ふっと、のぞけた気がした。一再ならず、そうして矢吹に訪ねられ、たのみこまれた場合、かたくなな老人とて、やはり動揺せざるを得まい。

一枚また一枚と、カードがひっくり返って行った様子が、目に見えるようであった。しばらく前、それらのカードは、藤堂のためにひっくり返ったばかりであるが、いまは、藤堂の知らぬところで、カードが動こうとしている――。

経営者の世界に休みはない。豺狼は食い合い、一瞬の隙《すき》も油断も許されない。その争いにいささか手を貸しながら、しかし、自らはおびやかされることのない身として、高みから眺《なが》めているのも、悪くはなかった。

第六章

毎月二十六日の早朝、矢吹は在京している限り、必ず靖国《やすくに》神社へ出かけた。

戦争中、学徒出陣により戦車隊士官になった矢吹は、フィリピンへ派遣されることにきまっていた。だが、その出発まぎわに盲腸炎にかかり、船にのりおくれた。

そして、そのおかげで、祖父・父に続いて三代そろって海に死ぬところを助かった。矢吹と同じ連隊の将兵をのせた船団は、一月二十六日、バシー海峡でアメリカ潜水艦の攻撃を受け、全員戦死の運命となったからである。

事情はともかく、矢吹は死んだ戦友たちに心理的な負債を感じる。矢吹が捨て身になれるのも、そうした死におくれた体験と無縁ではなかった。

もっとも、矢吹はその体験をほとんど口にしない。郷友会・戦友会などさまざまの旧軍人団体の誘いにも一切応じないし、軍歌を聞くことも口ずさむこともない。

その代り、毎月二十六日は、きまって靖国神社に来て、戦友たちに無言の挨拶《あいさつ》を送る。同時に、いま、ひとり生きて在ること、捨て身になれる自分であることを、たしかめる。

六時から七時というその時間、夏をのぞけば藤色《ふじいろ》の闇《やみ》が下り、ほとんど人影もない。九段坂《くだんざか》を抜ける車の音も少ない。

矢吹の拍手《かしわで》の音だけが、拝殿にあたって、こだまを返してくる。それは、矢吹の心を洗い、新しい運命共同体に賭《か》ける矢吹を励ます声にも思えた。

その日、参拝を終って、境内の石だたみの道を歩いてくると、彫りの深い顔に白い顎鬚《あごひげ》をたくわえた和服姿の老人に出会った。秘書風の男が一人、伴《とも》をしている。かつて大蔵大臣をつとめたこともある長橋という保守党の元老格の政治家であった。写真などで知ってはいるが、面識はない。

長橋の姿を、矢吹は同じ境内で、それまで二、三度見たことがある。近所に住んで朝の散歩にでも来ているのだろうと、その日も気にもとめず、すれちがおうとすると、しわがれた声で呼びとめられた。

長橋老人は、矢吹の連隊の名をあげ、その関係者かときいた。老人の次男が同じ船団で戦死したといい、矢吹と同様の参拝とわかった。老人は老人で、二十六日に何度も見かけた矢吹を心にとめていたという。

矢吹は、頭を下げた。

「ほんとうなら、毎日お参りにくるべきでしょうが」

「いやいや、親のわたしでもこのとおり。ありがたいことです。つい声をかけずに居られなくなったのです」

老人はそう言ってから、落葉の散乱したまわりを見渡した。桜のかげのベンチを指《さ》し、

「少しそこらに坐《すわ》って話しませんか」

秘書がハンケチで、ベンチから銀杏《いちょう》の葉をはらい落した。

腰を下ろすと、老人はややうるんだ眼《め》で、じっと矢吹を見つめた。次男のいま生きている姿を想像しているような眼であった。

秘書は少し離れた別のベンチに腰を下ろした。老人は思いついたように、名のった。

矢吹が名刺をとり出して渡すと、老人は声を出して読んでから、

「わたしも、わずかだが、おたくの株を持っている」

「存じています。たしか、三万株ほど」

老人は眼をみはった。

「よく御存知だな」

「株主がどんな方たちか承知しておくことは、わたしたちの当然のつとめでございます」

「大株主についてはそうでしょう。何も、われわれのような零細の株主まで……。それでは、何千人ものリストを見なくてはならなくなるわけだ」

「はい。一応、目をとおしています」

なぜと訊《き》かれれば、きざなようだが、「同じ運命共同体の構成員ですから」と答える他《ほか》なかったが、老人はそれ以上訊いて来なかった。

老人は、もう一度、名刺を見返し、

「あなたは、社内でかなり重要な人物のようだ。それに、律儀《りちぎ》なお人柄《ひとがら》と見た。息子のとり持つ縁で、ひとつふたつ、忠告をさし上げたい。それに、わたしはおたくの株主。一株主の注文としてきいてもらってもいい」

矢吹は緊張した。

「ひとつは、子会社の華王化成との関係だ。華王紡には敵が多いが、子会社との間で、これほど仲が悪いというのは、どうかね。しかも、華王化成の茅場《かやば》社長は、名目上は華王紡の非常勤重役になっている」

うなだれる矢吹に、

「原因は、一方的に華王紡の藤堂《とうどう》君が悪い。そうだね」

矢吹は、うなずいた。

華王化成の茅場社長は、華王紡の専務時代、意見が合わぬというだけで、藤堂に首を斬《き》られ、当時ボロ会社だった化成会社に追いやられた。その上、茅場が苦労して化粧品部門を開発して軌道にのせると、藤堂はそれをとり上げて華王紡へ移し、ダイヤモンド計画の目玉商品にしてしまった。まさに、踏んだり蹴《け》ったりの仕打ちであった。

茅場は奮起した。時勢に恵まれていたということもあって、いまでは華王化成は華王紡をしのぐ大会社となり、高収益を上げ続けている。

「茅場君は、いまは財界の実力者の一人。銀行筋にも顔がきく。こういう人が、本気で華王紡のことを心配してくれたら、事態はもっとちがってくるだろう。それに、華王紡が化繊も手がけている以上、華王化成と系列を組めば、採算的にもメリットが大きいと思うのだが」

「おっしゃるとおりです」

「それが、なぜできないのか」

眼を伏せる矢吹に、

「順序からいえば、藤堂君が茅場君に詫《わ》びて出直すべきだが、藤堂君にそれを望んでも無理だ。だが、だからといって、きみたちまで黙って藤堂君のまねをしていていいか」

　矢吹は顔を上げ、老人を見つめて言った。

「わたしは、これまで数回、茅場さんをおたずねしました」

「ほう」

「ただし、ほとんど口をきいて頂けません。わたしを藤堂の腹心、共犯者と考えて居《お》られるからです」

「……困ったことだ。しかし、このままでは、よくない。それはたしかなんだ」

　老人はつぶやきながら、何かを思案するように眼を閉じた。

　落葉を鳴らして近づいてくる音がした。二羽《わ》の鳩《はと》であった。矢吹たちの様子をうかがうように首を立てる。

「もうひとつの忠告は」

　老人は、鳩を見ながら、声を落した。

「藤堂君が、このごろ妙な鳥にとりつかれているようだ」

「鳥？」

「そうだ。明るいところでは、あまり見かけぬすばしこい鳥だ。鳩などはとってくってしまう残忍な鳥でもある」

謎《なぞ》がわかった。隼《はやぶさ》のことではないか。

「藤堂君は、あやっているつもりで、あやつられている。あやしているつもりで、あやされている。相手はそういうことにかけては、天才の鳥なんだ」

何におどろいたのか、鳩があわてて舞い立った。その羽ばたきに、銀杏の落葉がおどった。

「あの鳥を入れると、まとまる話もこわれる。こわすために、わざとあの鳥を使うこともある。重宝な鳥ではあるわけだが、しかし、気をつけねばいかん。命とりになる」

老人はそう言って、苦笑し、

「何だか、語呂合《ごろあわ》せをやっているみたいだ」

矢吹も笑ったが、頰《ほお》はこわばっていた。

長橋老人は、腰を上げた。

「御存知かも知らぬが、わたしはいまは世すてびとだ。だが、世すてびとだから、思わぬ情報、いや、雑音が耳に入ることがある。その雑音を伝えたまで。街角の雑音として聞き流して下さい」

矢吹は頭を下げた。

老人は秘書をうながすと、一度もふり返ることなく、拝殿に向って歩いて行った。

先輩の忠告は、必ず実行する——それが、「行動する経営者」をめざす矢吹の信条であった。

次の日、矢吹は時間をつくって、華王化成に茅場社長を訪ねた。

華王紡の最近の業績についての報告ということにしたのだが、相変らずの冷たいあしらいで、五分ほどで、「もうよい。わかっている」と、手を振って追い返された。

長橋老人の言うとおり、社外の茅場たちの力を活用することが必要である。そのためには、まず藤堂と自分がちがうことを、茅場に認めさせたい。それは、矢吹個人のためでなく、華王紡という共同体にとって必要である。

何度追い返されても、矢吹は茅場訪問を続けるつもりであった。


次に矢吹は、ひそかに隼と会った。

それまでに矢吹は、「こっそり会ってほしい」と、隼に何度も言われていたが、とり合わないでいた。隼の動きをにがにがしく思い、隼何するものぞと黙殺する態度をとっていたためである。

だが、長橋老人が「隼に気をつけよ」と言ったのは、ただ黙殺せよということではなく、何等《なんら》かの手を打てということではないかと思い直した。現状のまま放置しておくのが危険だから、忠告してくれたのではないか。

忠告の趣旨を活《い》かし、隼をつかまえ、その動きを封じなくてはならない。隼を逆用して、まとまる話をこわすという術《て》もある。とにかく、隼と藤堂との間に何があるか、それをまずつかまえ、藤堂の尻尾《しっぽ》をおさえておこう。

会見の場所は、赤坂の料亭《りょうてい》玉菊であった。

奥の座敷に通され、料理とともに、ナポレオンが出た。藤堂の好きな酒であることを承知の上で出している。矢吹が反撥《はんぱつ》するか、よろこんでのむか、隼はためしながら見守っている恰好《かっこう》であった。

矢吹は黙ってブランディ・グラスに受けた。

藤堂のにおいが、その座敷に濃く残っている。ここで、どういう密談がとり交わされたのだろうか。

いきなり隼に問いただすわけにも行かない。まず、肚《はら》のさぐり合いであった。隼はそれを心得ていて、ぬらりくらりとした話をする。

話の途中で、隼は三白眼をいたずらっぽく光らせてささやいた。

「矢吹さん、運動資金は要りませんか」

「運動資金だって」

矢吹は、思わず訊き返した。隼のような男に金をたかられることはあっても、用立ててもらおうなどと考えてもみなかった。

「あなたのようなひとには、やはり、いくばくか自由に動かせる金が必要なのじゃありませんか。一千万円ほどなら、いつでも都合します。申しつけて下さい」

ふつうの会社ゴロや政治ゴロとはちがう。隼の浅黒く年齢不詳の顔を、矢吹はしげしげと見つめた。

「もちろん、利子は頂きませんし、元金の返済は、出世払いで結構です」

矢吹は、おもむろに首を横に振った。

「いまはその必要はない。いや、永久に必要ないだろう」

隼はにやりと笑い、ひとりごとのようにつぶやいた。

「藤堂さんとちがいますな。もっとも、今後はもう、あの方に御用立てはしませんが」

矢吹は聞きとがめた。

「それは、どういう意味だ」

「おや、わたしが何か言いましたか」

隼は、そらとぼけた。

矢吹は、腕を組んだ。藤堂ほどの人間でも、ポケットマネーに困る時期がないとはいえない。クーデター直後など、おそらくそうではなかったか。

そこへ、隼はすかさずくい入る。たしかに、気をつけねばならぬ男である。

一時間ほど話したところで、隼は腰を浮かせた。

「わたしは急用を思い出しました。けど、まだ御馳走《ごちそう》が用意してあります。召し上ってから、お帰り下さい」

隼は三白眼を細めて笑い、とめる間もなく姿を消した。

ばかにしていると、矢吹は思った。いまさら何の御馳走というのだ。

矢吹も腰を上げたが、ほとんど同時に襖《ふすま》があいて、パールグレイのスーツを着た美しい女が顔を出した。矢吹は、部屋をまちがえた客かと思った。

「こんばんは。御馳走が歩いて参りました」

栗色《くりいろ》に染めた髪に卵型の顔。切れ長の眼に鼻筋がとおり、ややしゃくれた唇《くちびる》といい、非の打ちどころのない美人である。ファッションブックから切りとったように、スタイルもよかった。

女は、そのまま、はずむように矢吹の前へ来て坐った。

矢吹は息がつまりそうな気がした。

「美人だな」

思わず口に出た。

「メルシイ・ボウクウ」

女はフランス語で礼を言い、ぴょこんと頭を下げた。

矢吹は、胸がかわいた。ほぼ一月近く家へ帰って居らず、妻の道代とも触れていない。そうしたところをすかさず見抜いた御馳走の差し入れであった。

それに、女は、眼の前に居るのが信じられぬほど、若く美しい。

「どうしてきみのような美人を、隼は……」

「わたし、以前、宝塚に出て居たんです。それが、運命のいたずらでこんな風に」

「しかし……」

「やぼなお話はやめて、乾杯しません」

女はブランディ・グラスにナポレオンを注《つ》ぐと、矢吹のグラスに合わせた。生々とし、少しも悪びれたところがない。

矢吹は感心し、また胸のかわきを感じた。政治家にせよ財界人にせよ、こうした生きのいい御馳走にふらつかぬ男は少ないであろう。

矢吹はグラスをあけ、女にも注ぎ足した。

「ところで、ひとつだけ訊きたいことがある」

「なあに」

「藤堂という男を知っているか」

矢吹は、藤堂の容貌風采《ようぼうふうさい》、それにアルコールで指を拭《ふ》くくせのあることなどを話した。

女は細い首をかしげてから、

「わたしの友だちが、そのようなひとのお相手したことがあるわ」

「それで……」

「そのひと、わたしの友だちが気に入ったからといって、一晩中ダンスの相手をさせたの。それも、『向う横丁の煙草屋《たばこや》の』という古い歌があるでしょ。そのレコードをくり返しくり返しかけて、朝の四時まで踊っていたというんですもの」

藤堂の貴族的な見せかけのかげに、そうした要素のあることを、矢吹も知っている。

「その後どうした」

「それっきりで、さようならですって。友だちは、頭に来るって、ぷんぷんしてたわ」

「なるほど」

その光景が、矢吹にも目に見える気がした。

「ね、他人《ひと》のことはどうでもいいでしょ。あなたも、わたしをばかにしないでね」

矢吹は、「うん」と言ってから、

「ただし、きみがばかにされたくないのと同様、おれもひとにばかにされたくない」

〈あやしているつもりで、あやされている〉と言った長橋老人の言葉が、耳に戻《もど》ってきた。

矢吹は腰を浮かせた。

「とにかく、おれは帰る」

「帰さない」

「腕ずくででも帰る」

「か弱い女の腕をひねるの」

「か弱くても魔性だ。手足を折ってでも帰る」

矢吹は女をはねのけ、まっすぐ玄関に出て行った。

エンプレス・ホテル五階の部屋に戻る。

相変らず藤堂のために待機している形だが、七階の藤堂からの呼び出しはすっかり減って、矢吹自身のための時間が待っている。

時刻はすでに十二時に近かったが、矢吹はスタンドのランプをつけると、机に向った。

例の藤堂ファンの業界誌の記者が、繊維問題について、少し長い論文を発表した。それを読んでの感想を書き送ってやる仕事がある。

形は思索だが、それも矢吹にとって行動のひとつである。

便箋《びんせん》三枚にびっしり書いたとき、電話が鳴った。内田からであった。

「やはり、まだ起きていたのですね」

矢吹は時計を見直した。十二時半過ぎになっている。

「だめじゃないですか。十二時には就寝されるよう、あれほど念を押しておいたでしょう」

「すまん……」

「あなたひとりの体じゃない。華王紡全従業員の運命がかかっています。それにあなたのためなら死んでもいいという同志が五十人は居ます。あなたにもしものことがあったら、彼等は殉死しかねませんよ」

「わかった。ところで、用件は何だ」

「用件？　ああ、この電話のことですか。……つまり、あなたが十二時に就寝して居られるかどうか、チェックのためにかけたのです」

「無茶だな。寝ていたら、たたき起されたところだ」

二人は電話を隔てて笑った。

「元気そうで、安心しました」

と、内田。

「白状すると、何だか無性に矢吹さんの声が聞きたくなったのです」

内田は感情のこもった声でいい、押し黙った。

その後、急に口調を変えると、

「仕送りをどうもありがとうございました。今月分を今日頂きました。つまり、この電話は、そのお礼のためでもあるわけです」

矢吹は、月給の一部を割いて、小商売している内田に送っている。内田からたのまれたわけでないが、そうでもしないと、矢吹には気のすまぬものがあった。

クーデターのとき、「藤堂に代表権を与えるな」という内田の主張は、正しかった。

藤堂が完全に無力化されていれば、あのとき島は社長を引き受けたかも知れない。

矢吹は、クーデターが教訓になって、藤堂が少しは態度を改めるだろうと期待したが、内田は徹底的に藤堂不信であった。

「藤堂さんは、権力の鬼だ。指先だけひっかかっていれば、必ず戻ってくる」

とも言った。

内田の見通しが正しかった。藤堂に近すぎたためか、矢吹の見方は甘かった。内田の主張どおりにしていれば、華王紡の姿は今日とはちがったものになっていたろうし、内田そのひとも会社から追いやられることもなかったであろう。

矢吹の仕送りには、その償いの意味もあった。

内田との電話を切ってから、矢吹はふっと、内田が内心、会社へ戻りたがっているのではないかと思った。

矢吹が持ち前のねばり強さで運動すれば、それが実現できないわけではない。だが、矢吹は気が進まない。内田はすぐれた同志である。見通しもいいし、行動的である。矢吹の腹心になれる男だ。それだけに、矢吹には荷が勝ちすぎる。

それに、矢吹は腹心は欲しくない。腹心が強敵に変るこわさを、矢吹は自分で実践してきた。それに、経営者は敬われることがあっても、馴《な》れ親しまれてはならぬ。内田を呼び戻せば、その馴れの空気が戻ってくる。

薄情のようだが、内田の内心の声は聞えなかったことにする。仕送りを続けることは、内田復帰を妨げる防波堤の意味もある。

自己本位のようだが、矢吹は運命共同体論の中でも理屈づける。〈内田は矢吹に近い「行動する経営者」タイプである。共同体に同じタイプの経営者二人は要らない〉と。

矢吹は、藤堂ファンの記者あての感想文を書き終え、封筒に入れた。その手紙が記者をよろこばせる様子が、目に見えるようであった。

藤堂と矢吹と、どちらが強く記者をとらえるだろうか。藤堂が、ただムードや持味で記者の心をひいているにすぎないのに、矢吹は語りかけ、一種の行動でかかわり合おうとしている。記者の藤堂熱がさめ、矢吹に打ちこんでくる日が遠くないはずであった。

それに、矢吹は、ただ記者の人気とりのために書いているのではない。矢吹自身の勉強であり、さらに記者を味方にすることで、華王紡という運命共同体の外縁をひろげることになる。

電話機に目をやりながら、矢吹はスタンドの灯《ひ》を消した。

だが、すぐに、サイドテーブルのランプをつけた。読むべき本が何冊も横積みになっている。

時間が欲しい。いっそ藤堂のように不眠症になりたかった。

サラリーマンの勝負どきは、上役から質問を出されたとき、いつでも明確な答えが出せるよう、常日頃《つねひごろ》、勉強しておくこと。その上で、「おまえ、やれ」といわれたら、捨て身になってやり抜くことだと思う。

矢吹は、入社以来、それを心がけてきた。一時二時まで本を読むことが珍しくない。それでもまだ、読むべき本の海の中で溺《おぼ》れそうである。

積み上げた本の中に、婦人労働についての柳光子の近著があった。

手にとって開くと、いきなり柳光子の笑顔がおどり出た。

顔は相変らずの細面《ほそおもて》だが、もはやオリーブのように瘦《や》せてはいない。生甲斐《いきがい》を見つけた女の落着きがにじみ出ていた。

〈わたしはやってるわ。あなたの運命共同体論はどうなの〉

柳光子は笑っている。

矢吹は頁《ページ》を繰って読みはじめた。この著者宛《あて》にだけは、感想を書くことがないと思いながら。

翌日、隼から電話があった。「五分でいいから、会いたい」と言う。矢吹は、丸の内のホテルの一室を指定して会った。

「昨夜は、たいへん失礼しました」

隼は、深々と頭を下げた。床にひざまずきそうな平身低頭ぶりであった。

「少々勘ちがいがありまして」

とも言った。

「勘ちがい？」

矢吹が訊《き》き返すと、隼はまた首をすくめ、

「あの女のひとり合点のことですよ」

いそがしく三白眼を動かす。矢吹は隼をにらみつけながら、

「ところで、今日の用は何だ」

「実は、あなたがこれまであちこちにお書きになっていた運命共同体論を読んで、すっかり感激し、ぜひその感激をお伝えしたいと思いまして」

矢吹は噴き出した。女でだめなら、こちらでということであろうが、よくぬけぬけと言うと思った。

「お世辞は結構だ」

「お世辞じゃありません。本当に感心したのです。たとえばですね……」

隼は、暗誦《あんしょう》してきた矢吹の文章の一節を唱え出した。

見えすいているが、とにかく、けんめいである。矢吹は、おかしくて、腹も立たない。

「もういい」と、遮《さえぎ》ってから、「わたしが欲しいのは、お世辞でも感激でもない。もちろん、女でもない」

「すると……」

矢吹は、隼の三白眼を見すえて言った。

「情報だ」

「どんな種類の情報です」

「きみしか知らぬ情報。いや、きみともう一人の男しか知らぬ情報だ」

「もう一人の男？　はて、そんな男は知りませんぞ」

「そうか。それならいい」

矢吹は、そっぽを向いた。

「怒らないで下さい。すぐに思い出すのは無理です。いま少し考えさせて下さい」

「しらばくれるな」

「いや、おつき合いしている中《うち》に、徐々に思い出してくるでしょう」

思わせぶりに言う。したたかであった。

「おそい情報なら、用はない」

「よく、わかって居《お》ります。しかし、そのもう一人の男が……」

「わたしに情報を漏らしたことをその男に気どられたら、情報提供の意味もなくなる」

矢吹は釘《くぎ》をさした。

「いずれにせよ、殺生《せっしょう》なことですな」

「こちらには、三万人の命がかかっている」

「わかっています。しかし、まあ、ぼつぼつおつき合い下さい。わたしも、ばかではないつもり。決して悪いようにはしませんから」

隼は、はじめてまともに矢吹を見た。

藤堂と矢吹のどちらにつけばよいか、その辺の見通しがすでについている眼《め》の色であった。

矢吹は長橋邸を訪ねて、老人に忠告を感謝し、しかるべく努力した旨《むね》、報告した。忠告をすぐそのまま実行したことを、老人はよろこんだ。他《ほか》の来客を待たせて、矢吹は酒のもてなしを受けた。

生れたきずなを大切にしたい。それは矢吹個人の無形の財産であるばかりか、矢吹を中心にした運命共同体の戦力を強めることになる。

矢吹は、その後も折を見ては、長橋邸を訪ねた。運命共同体論を話して、老人の共鳴も得た。

矢吹は、長橋老人との交遊を隠そうとはしなかった。むしろ、社内外に知られるように振舞った。

老人は、政財界にまだ隠然とした力を持っていた。そうした老人と親しいということは、矢吹を大きく見せることになる。無言の示威にも圧力にもなる。現に隼は、矢吹と老人の交遊を聞いてから、急に態度を変えるようになった。話をぼやかさず、素直に矢吹の指示に従う。

一方、矢吹は老人の紹介を得て、幾人もの財界人や銀行家に会った。時間があれば、きわめて断定的な口調で、華王紡の現状や将来の見通しを話した。「――のようです」とか、「――と思います」などという表現は、一切使わなかった。

〈藤堂一色のはずの華王紡に、矢吹という若い人材が居る〉

力ある人々の間に、そうした認識が少しずつひろまって行った。

第七章

その年が明けると早々、藤堂《とうどう》社長は矢吹にアフリカ出張を命じた。

とくに矢吹をわずらわすほどの仕事でもないが、

「明日の大陸へは、わが社の明日をになうきみに行ってもらうのが、適当だと思う」

という。

未開拓市場である西アフリカ八カ国を廻《まわ》る市場調査の旅である。

人種問題や政治問題がからんで、出入国手続きひとつにしてもわずらわしいし、航空路も不便で、パリやローマへ戻《もど》って出直さねばならぬ国もあり、時間もかかれば、骨も折れる旅であった。日本との電信電話の便も悪い。ほぼ五十日にわたるその出張期間中は、本社の動きからつんぼさじきに置かれる可能性があった。

矢吹としては、入社以来、最も長期の出張である。

「何もこの時期に矢吹さんを出されることはない。この出張には、何か裏がありますよ」

と、若手たちは心配した。

「ぼくも、それを否定はしない」

「にもかかわらず、行かれるのですか」

「仕方がない。社長命令だからね」

矢吹は軽く受け流した。

「しかし、矢吹さんの留守中、社長が……。このところ、定年制廃止といい、社長は何か焦《あせ》って居《お》られます。とり返しのつかぬことをされたりしては……」

「何をされると思うかね」

矢吹は、若手たちと話し合った。

藤堂の狙《ねら》いは、社内的には、独裁体制の強化。社外的には、ダイヤモンド計画の拡大。三河絹糸に対しても、強気な攻撃に出るかも知れない。いずれにせよ、華王紡という運命共同体にとっては、マイナスの路線である。

矢吹は、そのマイナスが、会社そのものより、藤堂個人により大きく作用すると判断した。

矢吹には、華王紡のような会社は不死身だという信念がある。化物のように不死身、国のように不死身だ。運命共同体が不死身であればこそ、矢吹も身を賭《か》けられる。一《ひと》月《つき》や二月の暴走で頽《くずお》折れるとは思えなかった。頽折れるとすれば、藤堂の方だ。

「どうせ、たいしたことは起りはしまい。それに、藤堂さんに行くところまで行かせるという方法もある」

矢吹は、そう言い残して、アフリカへ飛び立った。

矢吹を旅立たせて、藤堂は久しぶりに晴々した気分になった。長い間見てきた悪い夢が、ふいにさめた気がした。

矢吹が居ないのはよい。万歳を叫びたいほどであった。

「腹心とは何であったろう」と藤堂はあらためて思う。居なくて晴々するものが、腹心なのか。それとも、矢吹など、しょせん腹心ではなかったのか。

藤堂は、もはや、矢吹を腹心などとは思わない。役員にしてからとくにそうだが、矢吹は藤堂の顔色をうかがう、「その他多勢」の一人でしかない。だからこそ、足蹴《あしげ》にするように、アフリカへ送り出した。

もともと自分には腹心は要らなかったと、藤堂は思う。定年制廃止など、全く藤堂の一存でやり、しかも、全従業員が歓喜し、社内の団結が強まった。重役たちに相談することも、腹心の智慧《ちえ》を借りることも、必要ではなかった。藤堂は、単身で従業員大衆と結びつき、返り咲いた。つまり、王政復古であった。多少の孤独など、むしろ光栄としなければならぬ。

王朝風にしつらえた社長室は、空気まで琥珀色《こはくいろ》に染まっていた。その中を、藤堂は後手を組み、ゆっくり歩き廻《まわ》った。

その部屋は、一時、大牟田《おおむた》に汚された。だが、大牟田のにおいは、いまはあとかたもなく拭《ぬぐ》い去られて、いまはあるべき主のものとなっている。この社長室が似合うのは、自分しか居ない。自分が、終身社長として君臨する他《ほか》はない。

社長室の西の窓には、丹沢・箱根の山塊をふまえて、富士が白金色にそびえ立っている。群がる山々を、いつも足もとにひれ伏させて。

藤堂は、何かを確認するように、その姿を眼《め》を細めて眺《なが》めていた。

インターホンが鳴った。

「隼《はやぶさ》さまがお見えですが」

とまどった秘書の声。

「通しなさい。ぼくが呼んだのだ」

藤堂は叱《しか》りつけるようにいい、ウォルナットの椅子《いす》に戻った。

腰を下ろすと同時に、隼の浅黒くやけた顔がとびこんできた。

「やれやれ、久しぶりにお日さまの当るところで、お目にかかれましたわい」

隼は、わざとらしく、まぶしそうにまたたきして見せた。

藤堂にしても、似たような思いがあった。これまで隼に会うには、夜間、自分でベンツを運転して出かけるなど、世間の目をはばかる恰好《かっこう》であった。それというのも、役員会で三河絹糸から手をひくという申し合せがなされており、矢吹たちの目をおそれたためであった。そのために藤堂は、矢吹の白い車の幻に追われもした。

いまとなっては、腹立たしいほどの自粛ぶりであった。自分の会社なのに、何を遠
「誰《だれ》か戻ってきそうですか」

隼が咽喉仏《のどぼとけ》をとがらせて、訊《き》く。

華王紡から三河絹糸へ出向していた幹部社員全員に、藤堂は帰社命令を内容証明郵便で出した。その結果を訊いてきたのだが、

「いや、誰も……」

藤堂は、かぶりを振らざるを得なかった。隼は鼻先で笑った。

「そうでしょう。戻るはずがありません。わたしだって、戻りゃしませんよ……。た

だ、それだけに仕事がかえってしやすくなります。思いきって、あばれさせられます」

「御心配なく。総会のことは、任せていただきます。蛇《じゃ》の道は蛇《へび》ですから」

「きみ、あばれさせるなんて」

隼は、三河絹糸株の買占め状況を報告した。

買占資金は、華王紡社長としての藤堂を保証人にして銀行から借りたものだが、すでに藤堂側の持株総数は、発行済株式の三パーセントを越したという。あとは、臨時株主総会の開催を待つばかりとなった。

総会では、野党代議士に株主として出てもらって発言させ、必要なら、腕っぷしの強い総会屋も用意する。マスコミの注目する中で、一気に三河絹糸の経営陣をゆさぶろうという作戦である。

隼は藤堂に総会対策費を要求した。藤堂は大社長だけに、一億を越す機密費を持っている。その中から出してくれといったが、藤堂はインターホンを押し、総務部長を呼んだ。

「表沙汰《おもてざた》にして大丈夫ですか」

と、隼が心配する。

藤堂は、大きくうなずいた。そんな風に隼にまで言われるのは、心外であった。

入ってきた総務部長に、藤堂は頭ごなしに言った。

「総会について、隼君の相談にのってやりたまえ。ぼくの命令だ」

総務部長といっしょに隼が出て行くと、入れ代りに、大洋アクリル株式会社の木島社長が訪ねてきた。痩身長軀《そうしんちょうく》で、見るからに顔色が悪い。

大洋アクリルは、そのスフ部門が不況の上、アクリルが後発大手に追い上げられ、業績不振を続けていた。

木島社長自らやってきたのも、アクリルの大きな得意先である華王紡に少しでも買注文をふやしてほしいという哀願のためであった。

藤堂は、しばらく木島のしゃべるのに任せておいてから、いきなり言った。

「買いましょう。どれだけでも、買って上げましょう。ついでに、会社ぐるみ買って上げましょうか」

木島社長は、おどろいて、その蒼《あお》い顔を藤堂に向けた。

「どういうことです」

「おたくも、いろいろ嫁入り工作をされたようだが、押しかけ女房というのは、なかなか、もらい手がないのでしょう」

大洋アクリルは、同業大手への吸収合併をはかって、二、三アプローチを試みたが、いずれも失敗に終っていた。

木島は、またうなずいたが、

「しかし、藤堂さん、いまおっしゃったのは、本気ですか」

「本気です」

藤堂は、ゆったりした笑いを浮べ、

「わが社は目下、多角化をめざし、ダイヤモンド計画を推進中です。繊維でも、綿、毛、絹、スフ、ナイロンと、次々と手がけてきましたが、まだアクリルがない。といって、新規開発しているだけのゆとりがありません。何なら、おたくの会社をまるごと吸収合併してもよろしいのです。もちろん、あなたは副社長としてお迎えし、従業員は全員そっくりひきつぎます」

「全員そっくり？」

「そうです。従業員の首切りだけは、どんなことがあっても、してはいけない。もし余剰人員があるなら、配置転換などで何とか仕事を考えましょう」

「そう言っていただければ……」

と、木島は感じ入って、声をつまらせた。

木島にしてみれば、思いもかけぬ有難《ありがた》い話であった。他の同業メーカーとの交渉では、さんざんにがい思いをしてきただけに、なぜもっと早く華王紡へアプローチしなかったのかと、悔んだ。

木島は、そのことを口にし、

「華王紡さんは、お得意先とだけ思っていました。まさか、アクリル生産にまでのり出されるとは、思ってもいなかったものですから」

「繊維の綜合《そうごう》メーカーとして日本一の座を確保しておくというのが、わたしの宿願です。いま、うちにはポリエステルとアクリルだけがない。ですから、この話はいまになっての思いつきではなく、前々から考えていたことなのです。ただ、せっかく木島さんがやって居られるのに、水をさすようなことになってはと思いましてね」

「水をさすどころか……。正直いって、わたしは、どうしたらよいか、途方にくれていたところです。このままの状態が続けば、大洋アクリルは五千人の従業員を抱えて倒産しかねない。犠牲者は出したくないし、かといって、五千人を路頭に迷わせてもならない。どうしようもなくなっているところを、救っていただこうとは」

「救うとか救われるとかじゃありません。これを跳躍台として、日本一の企業として伸びようじゃありませんか」

「有難うございます」

木島は頭を下げた。

視野のちがい、スケールのちがいといったものを感じもした。木島は、泥沼《どろぬま》からの脱出だけに気を奪われていた。そして、すぐ横を通る仲間にだけ救いを求めて、すてられ続けた。

そうした光景を、この藤堂社長は一段と高いところから、じっと眺めていた。そして、救うべきチャンスがきたと見きわめると、手をさしのべてくる。それも、華王紡を肥《ふと》らせるという長期計画の中で。

木島の眼にも、窓越しの富士が見えた。午後の陽《ひ》を浴び、富士は一段とまぶしく輝いている。

木島は、幸先《さいさき》の良さを感じた。そして、なぜもっと早く藤堂に相談を持ちかけなかったのかと、重ねて悔んだ。

藤堂については、「財界の異端者」とか「業界のカストロ」とかいわれ、ひどく冷たくきびしい印象がつくられている。

だが、最近の定年制廃止にしてもそうだが、このひとは、まず従業員の立場を考える人情家なのだ。大洋アクリル五千の従業員とその家族は、このひとに身柄《みがら》を預けることに、無上のよろこびを感ずるであろう。そして、そうした手を打った木島を徳としてもくれよう。

木島自身、このひとに副社長として仕えるのに、何のためらいもない。

「さあ、それでは」

藤堂が腰を浮かせ、手をさしのべてきた。厚く、しめった掌《てのひら》であった。木島は、強くにぎり返した。

窓の外に、空と富士が光っている。どこか映画の中に出てくる感動的な場面のようであった。

手をにぎったまま、藤堂が言った。

「時間をかけていては、じゃまが入ります。まとまるべき話も、まとまらなくなってしまう。あなたの果敢な実行力が必要です。早速委員会をつくって、具体的な検討に入りましょう」

藤堂は、役員会の席上、工場でも増設するような軽い調子で、大洋アクリルを吸収合併する旨《むね》話した。既定のことのような話し方であった。

重役たちは唖然《あぜん》とした。二、三質問は出たが、正面切っての反対はなかった。個々には反対であっても、力にまとまらない。中核となるべき矢吹が居ないためである。

藤堂は、続いて木島と共同記者会見を持ち、合併についての発表をした。

電撃的な大型合併として、マスコミは大々的に報道した。とくに整理を伴わず、従業員全員をひきとるというところが、いかにも藤堂らしいと好感を持たれ、明るく派手にとり上げられることになった。

矢吹が帰国したのは、その記者会見の五日後のことだった。

羽田空港には、組合幹部や若手たちにまじって、内田の顔が出迎えていた。

「このニュースには、腰を抜かしました。藤堂社長が気でもちがったかと思ってね。きけば、あなたはアフリカ出張中だという。なるほど、藤堂さんは気はちがっていないと合点が行った。こわいし、無茶をするひとだ。とにかく心配で仕様がなくなって、自分に何かできることでもあったらと、出かけてきたのですよ」

郷里で働いている内田は、陽にやけて健康そうであった。陽光とともにかけつけてきたという感じであった。会社を追われた身でありながら、会社を想《おも》う。だから、運命共同体は不死身なのだ、とも思った。

矢吹は内田の肩をたたき、大きな体をゆすって、空港のコンコースを歩いた。

「社長は、きっと何かやると思っていた。やらなければ、かえって不気味だ、社長らしくない」

「それにしても、正直なところよそを救うどころか、華王紡自体が救ってほしいような業績続きとちがいますか。その上に、よその赤字と過剰人員まで抱えこむなんて」

「抱えこみはしない」

「しかし、すでに合併は既定の事実として……」

「既定の事実でも、くつがえす。この世の中に、くつがえせないものは何もない。パリでこのニュースを知ってから、ぼくはどういう手でくつがえすかと、ずっと考えてきた」

「打つ手はあるのですか」

「手はいくらでもある。問題は、われわれの気持しだいだが、その気持にも整理はついた。今度は、われわれが社長に対して、阿修羅《あしゅら》にならなければ。われわれの運命共同体のために。そのふんぎりを、社長がつけてくれた。ぼくは、いまから行動を開始する」

「こんな夜ふけに……」

「ホテルの生活に夜はない。社長はまだ起きて居《お》られるはずだ。幸い不眠症のおかげで」

「家へは戻られないのですか」

矢吹はうなずいた。

「家の者には、当分、まだアフリカに居ると思わせておけばいい」

借り放しになっているエンプレス・ホテル五階の部屋にトランクを置くと、矢吹はその足で、七階に上り、デラックス・ルームをノックした。

藤堂はベッドに伏せ、白衣を着た若い女按摩《おんなあんま》に肩をもませていた。

女は、紅潮した顔にうすく汗を浮べ、

「あーあ、すっかり参ったわ」

と、つぶやいて、去って行った。

「どれだけもんでも、すっきりしない。ぼくをもむと、按摩が按摩を必要とするそうだ」

藤堂が苦笑しながら、身を起した。珍しく、生活のにおいがした。

矢吹は、一瞬ためらいをおぼえたが、すぐ本題に入った。

「ただいま帰国しました。出張報告はあらためて申し上げますが、何より気がかりなことが……」

藤堂は手をあげて遮《さえぎ》り、ガウンをまとった身をソファに運んだ。

「きみが帰って来るとは思わなかったので、こんな恰好だ。失礼するよ」

「はい……」

「ところで、きみが問題にしたいのは、大洋アクリルとの合併の件だね」

「はい。びっくりしました。それほど大事な計画を、なぜ事前にお話し頂けなかったかと」

「話は急にきまった。何しろ、木島社長が急いでいるものだからね」

藤堂は、そう言いながら、矢吹の表情をうかがった。怒るか、非難するか、嘆くか。だが、矢吹の反応は、そのいずれでもなかった。矢吹は、藤堂を見つめたまま切り出した。

「わたしを合併準備委員会のメンバーにして頂きたいのです」

「ほう……」

藤堂はまるく口をあけた。眼《め》は、矢吹の眼の奥を射る。二人は、そのまま、見合った。

藤堂は、矢吹の申出の裏をさぐった。

「きみは、もちろん合併に賛成なのだろうね」

釘《くぎ》をさすつもりで訊いた。矢吹はうなずいた。

「はい、わが社の発展になることならば、よろこんで」

もっともらしいが、その実、ずるい返事であった。発展にならぬからと、否定論に変る余地がある。ただ、藤堂としては、それ以上は問いつめられない。

藤堂は迷った。矢吹の力は知っている。それだけに、矢吹を合併委に加わらせるのに、ある種の危険を感じる。何を企《たくら》むか知れぬという不安がある。もはや腹心ではない腹心なのだ。

といって、世間では、いぜん、矢吹を藤堂の腹心と見ている。合併は会社の重要事案であり、そこへ本人が希望しているにかかわらず腹心を加えぬというのでは、かえって世間の疑惑を招く。

「旅の疲れもあるだろう。何も今度はきみが……」

藤堂は、矢吹の気をひくように言ったが、矢吹は受けつけなかった。

「ぜひおねがいします。留守していました分も、その委員会でお返ししたいと思っていますから」

藤堂は、賭《かけ》を迫られた。

合併準備委員会は、双方から役員五名ずつを出し合って組織される。形として、矢吹の発言権は十分の一である。それに、この委員会は、合併の可否をきめるのでなく、合併実現の段取りを考える委員会である。本筋はすでにきまっており、万一、矢吹が合併に批判的になったとしても、走り出した路線を変えることはできない。

藤堂は賭けた。矢吹に向って、不承不承うなずいた。

それは、これまでのように、矢吹に賭けたのではない。自分自身の運に賭けた。孤独で危険な賭であった。

ここまで動き出したものをという自信が、藤堂を支えていた。定年制廃止以来、社内はあげて藤堂を支持している。先方は労使とも乗気だし、世論も好意的である。矢吹何するものぞ、と思った。

翌日から、矢吹はひそかに破壊工作をはじめた。

整理を伴わぬ合併ということで、大洋アクリル側は、よろこびながらも、不安を打ち消せないでいる。そこをねらって、次のような暗いうわさを流しこむのだ。

〈全員を引き取る合併の真意は、他でもない。いったん抱えこんで、企業規模を大きくした後で、旧アクリル系社員の大量首切りを行い、華王紡全体としての適正規模にまで減らす。つまり、合併のねらいは、アクリル社員の犠牲において、華王紡の過剰人員整理をはかることに在る〉

矢吹には、多年の議論の積み上げの中で、その思想に共鳴し、手足となって動いてくれる同志が五十人は居た。秘密を守り、同生共死を誓い、分身となって動いてくれる。内田を若くしたような仲間たちである。

矢吹は、この同志たちを集めて「破壊班」と呼んだ。定年制廃止についての疑惑と不安を華王紡社内にひろげて行ったのも、この「破壊班」であった。

組合活動家が多いだけに、大洋アクリルの組合幹部とも接触しやすい。彼等《かれら》はそれぞれのパイプを通し、この不安なうわさを浸透させて行った。

蔭《かげ》の部分では、そうして破壊工作を進めながら、一方、矢吹は合併委員会で精力的に活躍した。あるときは、必要以上に精力的に。

大洋側が提出した数字は、若手を使って、徹底的に洗い直した。大洋アクリルに限ったことではないが、その気になって洗い直せば、会社の公表数字というものには、必ず裏がある。膿《うみ》が出る。

保有有価証券の過大評価、不良債権の計上、償却不足、子会社における架空売上、在庫粉飾……。資本金二十億の会社が、すでに長短期借入金百四十五億を抱えているが、その他《ほか》に、約五十億に及ぶ赤字が見こまれた。

一方、藤堂は藤堂で、合併の早期実現に動いた。

記者たちを呼び、スフ設備の自主調整論をぶつ。自由競争論者の藤堂らしくない発言であったが、藤堂は、それに何彼《なにか》と理屈をつけた。

そのねらいは、過剰生産が続くスフ設備の廃棄に対して、政府および業界から補償金を出させようというもので、これにより、吸収する大洋アクリルのスフ設備の一部を廃棄し、約二十億の補償金を得るという計算であった。

帰国後最初の役員会で、矢吹と藤堂とは、マイナス五十とプラス二十というそれぞれ異なった数字をひっさげ、正面からぶつかった。

〈経営は数字である。経営者は、何より数字に対し、忠実であらねばならない〉

矢吹はまずその前提を藤堂にも承認させて、数字のぶっつけ合いに入った。

藤堂には、はじめから不利な争いであった。

藤堂のは、見込みの数字であり、架空の数字である。矢吹のは、現実の数字であり、記録された数字である。それも、徹底的に洗い出された詳細な数字の羅列《られつ》である。矢吹はそれを十ページを越す表にして、全役員に配った。赤字の上に赤字の積み重ね。過剰設備と過剰人員と膨大な赤字の受入れ――数字の語る合併の現実とは、それ以外にない。

矢吹は、はげしく、真向から藤堂を攻め立てた。黙っていれば、藤堂の負けである。

役員会など議論の場ではないと思っていた藤堂だが、いや応なく議論にひっぱりこまれた。

先の役員会では、藤堂には先制の利があった。役員たちが反対しなかったのも、矢吹という中核が不在で、藤堂に気圧《けお》されたというだけでなく、反駁《はんばく》しようにも、裏づけになる材料ひとつなかった。

だが、今度は、立場が逆であった。藤堂には、抱負や識見だけあって、資料らしい資料はない。

藤堂は、あらためて、合併のメリットを説いた。

華王紡にないアクリル生産設備、六工場七万坪に及ぶ工場と敷地。それらが、株券の印刷費だけで手に入る。しかも、大洋のメインバンクであった芙蓉《ふよう》銀行が、華王紡の新しい機関銀行になってくれることへの期待もある……。

矢吹は、すぐ反論した。

工場や敷地の多くは、担保に入っている。また、華王紡自体が工場の整理を進めている段階なので、別に工場や敷地が必要ではない。むしろ、五千という大量の従業員を抱えこむことによる労務費増を、どう解決するのか。芙蓉銀行にしても、そのまま華王紡のメインバンクになってくれる保証はない。むしろ芙蓉としては、多年のお荷物であった大洋アクリルと縁を切り、泥沼の融資に終止符を打とうとしているのではないか。

大洋の面倒を見たから華王紡の面倒も見てくれるという観測は、甘すぎる。それとも、芙蓉銀行首脳から、その確約をとりつけてあるというのか。かつての華王紡ならともかく、いまの華王紡が銀行筋にとって魅力を欠いていることは、華王紡自体がメインバンクに逃げられたことからもわかる。

なるほど、華王紡の前期決算では、形こそ黒字を示しているが、それは川崎工場他二工場の売却による二十億近い営業外収益を計上することで、辛《かろ》うじて黒字の体裁をとったに過ぎない。子会社もふくめた華王紡の決算数字を徹底的に洗い直したら、どうなるか。化粧品部門の粉飾は、御前崎《おまえざき》海岸への在庫品漂着騒ぎに見る通りである。華々しく打って出たオーゼ・オ・ジャポンも、技術提携料が高額なのに、売行きはさっぱりである。

「いったい、この華王紡に他人を救う余力があると考えて居られるのですか」

矢吹は、テーブルをたたかんばかりにして藤堂に詰め寄った。藤堂も、落着きを失った。

「何を言う。合併は既定のことだ。きみは合併の段取りさえ進めればいい」

「つまり、華王紡をつぶす段取りを進めよといわれるのですか」

「…………」

「わたしはあのとき、『会社の発展になる限り、合併工作を進める』と、はっきり申し上げたはずです」

藤堂は、部厚い下唇《したくちびる》を噛《か》んだ。

矢吹に裏切られたと思った。一歩譲って合併準備委員にしたことを悔んだ。腹心でもない男に、なぜ一歩を譲ったのか。

「本日の役員会は、これで打ち切る」

議長としての藤堂にいえるのは、この言葉だけであった。

午後三時にはじまった役員会が、珍しく五時を越していた。役員会らしい役員会だが、藤堂は、だからこそ、役員会など無用だと思った。

藤堂は、席を蹴《け》って立った。

矢吹はじめ役員たちは、そのまま残っている。誰《だれ》ひとり藤堂の後を追って来なかった。

社長室に戻《もど》り、藤堂はウォルナットの椅子《いす》に腰を下ろした。

心は落着かない。部屋の空気まで、こわばっている。気に入りの宮殿まがいの部屋なのに、それがにわかに虚飾にも粉飾にも見えてくる。西陣織のカーテンのかげからは、冷たい眼が笑って見つめているような気がした。

気をしずめるため、藤堂は眼を閉じた。眼蓋《まぶた》が重かった。不眠症が続いている。

藤堂の注文した強力な睡眠薬を、矢吹はパリから買ってきてくれたが、その薬も規定量では効かなくなっている。寝不足のため、疲労はいつも次の日に持ち越され、肩も心もこわばって行く。瞑目《めいもく》したまま、藤堂はその日の役員会の成り行きを反芻《はんすう》した。

たしかに、その日、藤堂はペースを崩した。どんな場合も冷静なはずなのに、珍しく激昂《げっこう》した。温顔、柔和、絹のような感触といったすべての持味が、吹っとんでいた。「ぼくの永年の勘です」という得意のせりふも、一度として使うことはなかった。

その結果、会議の打ち切り方にまで問題を残した。

これでは、一種、決裂の状態である。矢吹はじめ役員たちは、合併交渉を打ち切りはしないまでも、凍結するであろう。合併準備委員会は機能を停止する。委員でもない藤堂ひとりが、華王紡を代表して委員会に出るわけにも行かない。

世間は、この合併に注目し、期待している。早く既成事実をつくろうと新聞発表を急いだことが、いまは裏目に出た。

「華王紡は何を愚図愚図しているのか」「藤堂はどうしたのか」と、批判が出る。棚《たな》ざらしにされ、雨ざらしにされるのは、藤堂である。その状態が続けば、藤堂ひとりが笑い者になり、面目を失う計算であった。

そこまで考えてきて、矢吹にはかられたと気づいた。席を立つべきではなかった。いままでになくはげしい語調で矢吹が攻め立ててきたのには、役員会を流させようというねらいがあったのだ。そのねらい通りの罠《わな》に、藤堂は落ちたわけであった。

合併準備委員会は、開かれなくなった。藤堂が焦《あせ》るだけで、空《むな》しく日は流れた。会社では、矢吹はじめ役員たちは、いつも通り挨拶《あいさつ》するし、華王紡の機能は、いつもと変りなく動いている。それがまた、藤堂には、「華王紡は現状のままでいい。合併など問題でない」と言いたげな姿にも見えた。

五日経《た》ち、十日経った。

大洋アクリル側からは、催促が来る。記者たちは、進行状況を打診しに来る。藤堂は、苦境に立たされた。

矢吹はじめ合併準備委員に、社長命令として合併を推進させるか。しかし、これには、もう一度役員会の議論をむし返し、まかりまちがえば、クーデターをひき起しかねない危険がある。

矢吹以下、委員の首を、すべて替えるか。だが、そうすれば、当然、マスコミが疑惑を抱いて、社内情勢を洗いにかかってくる。

といって、いまさら、社内の意思統一のため時間を貸せとは、大物社長としての面子《メンツ》からも切り出せない。

藤堂には打つべき手がなかった。ただ、時間だけが流れて行く。それは、刻々、藤堂の寿命をちぢめる流れであった。

そうした一日、大牟田がぶらりと会社を訪ねてきた。藤堂は、社長室に迎え入れた。

その日も、空はよく晴れ、山々がまぢかに見える日で、大牟田は好天に誘われ、ふらふら山を下り、古巣へあそびにきたと、屈託のない顔で言った。

かつて藤堂棚上げに加わり、ついで藤堂によって追われた老人だが、いまは禅にこっているというだけに、愛憎も名利も超越した淡々とした風情《ふぜい》があって、旧知の禅坊《ぜんぼう》主《ず》にでも会っているような気がした。

あの役員会以来、ほとんど誰とも話らしい話をしたことのない藤堂としては、久しぶりに人間らしい会話の時間を持った。もっとも、話題はしぜん会社のことになる。大洋アクリルとの合併問題も、大牟田は新聞で知っていた。

藤堂は大牟田に、大洋アクリルの技術などについて訊《き》き、大牟田は藤堂に、その後の合併の進捗《しんちょく》状況を訊《たず》ねた。

藤堂は、鬱憤《うつぷん》をまじえて、一頓挫《とんざ》来たしている事情を話した。聞き終ると、大牟田は苦笑して言った。

「功を急ぎましたな。あなたは、いつも超特急だ。途中駅は全部とばして、終点まで突っ走ろうとなさる。ときには事故も起きようというものですよ」

「……事故は事故として、あなたが社長だったら、いまどうしますか」

大牟田の在社当時、藤堂はそんな風に相談を持ちかけたことは、一度もない。ただ、いま、大牟田が禅坊主であるだけに、思いがけぬ智慧《ちえ》でもあるかも知れぬと思った。

「さあてね」

大牟田は、日やけした額をたたいた。

「大洋アクリルの工場設備は、長期的には拾いものでしょう。問題は、先方の従業員ですな。あなたは整理せぬと約束し、矢吹君たちは過剰だという。事実、過剰だが、あなたには整理できぬ。そこが問題点ですな」

大牟田は、自分自身に言いきかすようにつぶやく。以前はまだるっこく思われたものだが、いまは藤堂は黙って見守っていた。大牟田は、またひとつ額をたたいた。

「抜け道がありますな。あなたが整理するのでなく、先方が自発的に整理したらどうでしょう。嫁入りを前にした女は、自分で身辺整理なり過去の整理をします。それと同様、大洋アクリルも、少し身の廻《まわ》りを整理して、華王紡に輿入《こしい》れする。干渉してではなく、そうした自主的整理の形をとらせるのです」

「しかし、それを誰が」

「誰がとは」

「まさか、わたしの口からは……」

「合併委員会の席上で、それとなくにおわせるのですな。それも、合併の段取りのひとつなのですから」

「……なるほど」

藤堂は、思わずつぶやいた。つぶやいてから、しまったと思った。

ごく常識的なことで、とくに名案というわけではない。それを思いつかなかったのは、大牟田の指摘するように、超特急的に突っ走ることだけ考えていたせいかも知れない。

やらせてみようと思った。あまり藤堂らしくない姑息《こそく》な手段だが、少なくとも動きのとれぬ状態からは離脱できる。

そう思うと、もう大牟田に用はなかった。

「ところで、わたしは……」

藤堂は腰を浮かせて、大牟田に辞去を求めた。

藤堂は、合併委員五人を呼び、大牟田の提案を自分の思いつきとして話した。一種の折衷案であり、妥協案である。矢吹たちも了承した。

「問題は、話の持って行き方です。干渉とか強制とかいうニュアンスを避けて、切り出して下さい」

藤堂は、くり返し念を押した。

その翌日、東京丸の内の大洋アクリル本社で、早速、合併準備委員会が再開された。大洋側の役員たちは、ほっとした表情で居並んだが、矢吹の話がはじまると、たちまちその顔がこわばった。

矢吹はまず、藤堂に対したのと同じ激越な口調で、大洋側の公表数字の粉飾性をあばき立てた。大洋側の合併にかける熱意を疑うと言い、現在あるがままの状態では、とても合併には応じられないと述べた。

「なおかつ合併の意志がおありなら、その誠意を行動で示して頂きたい」

立て続けに頭ごなしに言われて、大洋側はとまどいながら、

「具体的にどういうことです」

「過剰人員の整理ですよ」

矢吹は、きっぱりと言った。

「しかし、それは藤堂社長が全員ひきとると……」

「明らかに過剰とわかっている人間をそっくりそのままひきとるなどということが、経営の常識にありますか。藤堂社長がそういったのは、自発的に整理をやった上での最後に残った全員をそっくりひきとるという意味です」

「詭弁《きべん》だ」

「そんなばかな」

大洋側委員が口々に叫ぶ中で、矢吹はテーブルの上に「極秘」と朱印を捺《お》したプリントを配って行った。

プリントの標題は、「余剰人員案」。片隅《かたすみ》には、手渡された委員の名が鉛筆で記してある。

「どれほど余剰人員があるか、その表で御覧ねがいたい」

読みはじめた大洋側は、大さわぎとなった。

役員一二名中、余剰人員一〇名（残留は社長他一名）

部課長一二六名中、余剰人員八二名

本社職員二一一名中、余剰人員二〇〇名
工場従業員四、六五二名中、余剰人員一、九二〇名
つまり、全従業員五千人中、実にその四割四分に当る二千二百人が過剰だという。役員はほぼ全員お払い箱、部課長も三分の二はクビ。本社職員も、ほとんど整理というわけである。

他人事《ひとごと》ではない。そこに居る委員たちの足もとに火がついていた。憤慨するにしても、形相まで変った。

「こんな無茶苦茶な整理案があるものか」

プリントをまるめ、矢吹に打ちかからんばかりに叫ぶ委員もある。矢吹は、うすく笑って、いなした。

「それは、あなた方が無茶苦茶な余剰人員を抱えてきたということ。それを指摘しただけのことですよ」

「もし、これをのめなければ、どうする気だ」

「わたしどもは、それをのめなどと申しているのではありません。それだけ余剰だと言っているのです。わたしどもが適正と思う従業員数は、その余剰を差引いた残り。その最終の全従業員は、たしかにそっくりそのままひきつごうと申しているのです」

「言い方はどうでもいい。もしだめならどうだと訊いてるんだ」

「合併案は白紙に戻す他はないでしょう」

怒号や罵声《ばせい》が入りみだれる。委員会は流会になる他はなかった。

「プリントはお返し頂きます。これは、あくまで余剰人員案なのですから。皆さんの肚《はら》におさめて、内容は、御他言無用です」

その混乱の中を、矢吹はすばやくプリントを回収して廻った。

委員会の有様を、藤堂は矢吹たちからではなく、大洋の木島社長からの興奮した電話で最初に知らされた。

「藤堂さん、あんたという人は……」

木島社長は、そう言って絶句した。藤堂には、とっさに何が起ったかのみこめぬほどのとりみだし方であった。

報告を聞いて、藤堂もおどろいた。「余剰人員案」のプリントのことなど、藤堂のあずかり知らぬところであった。数字も数字だが、社長ひとり安泰のように書かれては、木島の立場もなくなるであろう。

ただ藤堂としては、自分の関知せぬことだとは言えなかった。それでは、社長としての統制力を疑われる。

「おかしいな。何か意味のとりちがえがあったのとちがいますか」

と、ぼかす。

「解釈の問題じゃありません。数字です。シビアな数字の羅列《られつ》なのですよ、藤堂さん」

藤堂が黙ると、「困ったなあ」「ひどいなあ」と、ひとしきり木島のつぶやきが受話器から流れていた。

帰社した矢吹は、藤堂の前で弁明した。

「強制や干渉めいたことは、一切言っておりません。整理という言葉さえも、ほとんど使わなかったはずです。プリントにしても気を配って、整理人員案でなく、余剰人員案としてあります」

「それにしても、きみ、その数字は……」

「過剰の程度を認識してもらうための一つの試案にしか過ぎません。ただ漠然《ばくぜん》と過剰と言ったのでは、相手にはこたえないと思ったのです」

「しかし、プリントまで突きつけたのでは、明らかに干渉と見られる」

「突きつけたのではありません。一覧に供したまでです。プリントは、そのまま回収してきました」

「……木島社長は困っていた。社内は大騒動らしい。この話は流産になるかも知れん」

そう言ってから、藤堂はにがい顔になった。

流産は、藤堂にとっても困ったことだが、矢吹たちにとっては、むしろ、ねがったことなのだ。藤堂は、何となく矢吹にはかられた気がした。流産になれば、藤堂は面目を失うだけでなく、悪者にされるのではないか。

矢吹が、そうした藤堂の気をひき立たせるように言った。

「社長、何も心配になることはありません。こちらとしては、ただ合併の目安を言ったまでのこと。それさえ、このように回収して、もう何ひとつ証拠は残してありません。しかも、あの案は、委員たちに極秘とことわって示してあります。もし、その数字がひろく漏れたりすれば、あの委員たちの信義が問題になります。責められるべきは大洋側ということになるのです」

藤堂は、大きな嘆息をついた。

自分が何とも妙な立場に置かれている気がした。主役であったはずが、脇役《わきやく》にはずされ、観客にさえされようとしている。

それに、矢吹のやり口は、あまりにも、みごとであった。

「きみは……」

と言うだけで、次の言葉が出ない。そのみごとさに茫然《ぼうぜん》とする思いである。

同時に藤堂は、にわかに自分の影がうすくなったのを感じる。主役でない主役の悲しみと、ばつの悪さ。

このにがい思い、にがい関係。これが腹心なのかと、歯嚙《はが》みしたくもなるのであった。

大洋アクリルでは、社をあげての大騒動になった。

すでに、矢吹の「破壊班」の働きかけで、人員整理のうわさが流れ、不安が渦巻《うずま》いていた。合併の前か後かのちがいはあるが、やはり、そうだったのかと、従業員は顔色を変えた。

組合は、合併に断固反対、あらゆる手段を講じて阻止すると、決議した。全繊同盟も、三億円の闘争資金を準備して支援に立ち上る。部課長会、役員会は、連日のように開かれた。そうした中で、合併試案承認の株主総会が日一日と迫ってきた。組合では、社員株主を総動員して、総会を流会させるという。

一夜、エンプレス・ホテルの藤堂の部屋に、憔悴《しょうすい》しきった木島社長が訪ねてきた。

「このままでは、総会乗り切りの自信がありません。うちでできるのは、特別休職制度などを活《い》かして、せいぜい五百人程度の整理で、とても二千二百人など……。それに、うちだけでなく、華王紡側でも合理化して下さらないと、組合が納まりません。このままでは、一方的に大量整理されに行くようなものだと……」

藤堂は黙ったまま、木島にしゃべらせた。

「藤堂さん、あなたは、従業員の整理だけは絶対にやっていかんと、はっきり言われた。わたしは、全従業員を救ってもらうのが、何よりうれしかった。だからこそ、この話をお受けし、バラ色のニュースだからと、全従業員に伝えもしたのです」

「木島さん、まちがいのないように言っておきますが」

藤堂が手をあげて遮《さえぎ》った。握手したときの部厚くしめった感触を、木島は身ぶるいする思いで思い出した。そうした木島に、藤堂は獲物《えもの》でも見るような視線を当て、

「わたしが言ったのは、合併日現在の全従業員をひきつごうということなのですよ」

「まさか。うちの委員たちは、それでごまかされたかも知れませんが、わたしはちがいます。わたしはたしかにこの耳で……。自主的にせよ何にせよ、あなたは整理案など、おくびにも出さなかった」

藤堂は、また鎌首《かまくび》のように手をあげた。

「ちょっと待って下さい。整理案整理案といわれるが、わたしはそういうものを見たこともなければ、もちろん出したおぼえもない」

「藤堂さん！」

「おたくの内部の問題に当社が介入するのは、筋ちがいですよ。そんなことを、するはずがない」

藤堂は威厳のある顔つきのまま、続けた。

「数字が流れているというのも、おかしな話ですな。仮にそういう案があったとしても、委員会の討議内容は、極秘にすべき性質のものですからね。その点から言えば、怒りたいのは、わたしの方ですよ。わたしは、あなたに失望し、怒りさえ感じています」

「……藤堂さん、あなたは温情主義の経営者だ。トップ同士の気持がわかって下さると思っていたのに」

「もちろん、あなたとは、今後は同志として気心を合わせて行きましょう」

「…………」

「とにかく、努力して総会を乗り切って下さい」

木島が帰った後、藤堂は睡眠薬をいつもより多目にのんだ。

窓に寄り何気なく下を見ると、たしかに矢吹のものと思われる白いジャガーが、ホテルの駐車場から走り出して行くところであった。木島を追うわけでなく、誰《だれ》かを訪ねに行くのであろう。

同じホテルに住みながら、藤堂はこのごろはもう、ほとんど矢吹を呼ぶこともない。そして、藤堂がひとり部屋にひきこもっているのに対し、矢吹はしきりと出歩いているようであった。

白いジャガーは、夜ふけにどこへ行くのか。蜘蛛《くも》のように糸を吐きながら、一晩中、走り廻っているのではないか。その糸にからめとられて行くのは、他《ほか》ならぬ藤堂ではないか。

藤堂は、そのまま横になる気はしなくなった。ホテルのバーに行き、ひとり、ナポレオンをのんだ。

のんでいる中《うち》、睡眠薬が効いてきて、唇《くちびる》がしびれてくる。

木島社長を困らせた唇。その実、その唇は、藤堂のものであって、藤堂のものではない。藤堂の言葉をしゃべらない。

部厚いその唇は、矢吹のつくった統一見解をしゃべるだけの機械である。新聞雑誌の記者たちに対しても、おもしろくもなさそうに、同じ説明をくり返す。ちぎってすてたいような唇であった。

しびれは、四肢《しし》にも及んできた。

立ち上ると、よろけ、伝票にサインしようとしたが、手がふるえて書けない。見かねたように、バーテンダーが言う。

「結構でございます。お気をつけてどうぞ」

それでも、住み馴《な》れたホテルの中である。藤堂は部屋へたどりついた。ソファに身を投げ出す。木島の疲れきった顔が、目の前にちらつく。

木島は、いまだに藤堂を主役と思って、うらんでいる。うらまれる筋合いでないのに。だが、藤堂は、その点では、腹は立たない。腹が立つのは、主役をはずされたというそのことだ。たとえ、悪役でもいい、主役でありたいし、あるべきであった。

藤堂は、手をのばして、受話器を取った。

隼を呼ぼう。あの男を使えば、自分はまだまだ主役になれる。現に三河絹糸攻勢は、藤堂が蔭《かげ》の主役となって着々進めている。正念場となるべき総会も近い。

受話器の向うで、呼び出しのベルが鳴っている。遠く絶え入るような、ベルの音である。反応はない。

藤堂は待った。待っている中、気を失うように、眠りに落ちた。

第八章

藤堂《とうどう》の運命を左右する二つの株主総会が、あいついで開かれた。華王紡の総会ではない。

まず、大洋アクリルの株主総会では、社員株主の罵声《ばせい》に圧倒され、木島社長は議長席で立往生し、華王紡との合併案件は審議未了となった。その後も、社をあげての猛反対に、木島はついに合併をあきらめ、社長の椅子《いす》からも去った。

世間は、当面、木島ひとりを敗者と見た。大量首切りという華王紡の横暴な要求に、煮え湯をのまされた。藤堂社長おそるべし、というのが、多くのマスコミの評価であった。

続いて、三河絹糸の株主総会。

ここでは、隼《はやぶさ》の演出で株主に仕立てられた野党代議士が、相原社長に質問してゆさぶるという段取りであった。

だが、藤堂や隼の情勢判断は甘かった。ある意味で、世間知らずであった。肚《はら》をきめた経営者にとって、野党代議士の一人や二人、とくに手ごわい相手ではない。相原たちは、そうした手段にまで訴えてくる藤堂にますます反撥《はんぱつ》し、「代議士何するものぞ」と、団結した。

隼たちは、代議士出席のうわさを事前に流して圧力をかけにかかったが、会社側が反撥しただけでなく、世論もそれに同調した。たとえ政治献金問題がからむにせよ、国政をあずかる代議士が、一私企業の総会へ総会屋もどきで出席するのは非常識という見方なのである。

総会当日、三河絹糸は総会屋を動員し、この素人《しろうと》株主の発言封じにかかった。隼側でも、急いで総会屋を狩り集め、送りこんだ。中に暴力団筋の者もまぎれこんだ。

総会は荒れた。暴力もふるわれた。隼は、威力業務妨害罪で逮捕された。

藤堂の賭《かけ》は、すべて裏目に出た。社の内外に、腹心は一人も居なくなった。華王紡の社内では、藤堂を批判する声が聞かれるようになった。

だが、藤堂はひるまなかった。

華王紡は、藤堂のすべてである。華王紡の藤堂であり、藤堂の華王紡である。藤堂はその全人生を華王紡に捧《ささ》げてきた。

〈わたしほど会社を思い、会社に尽してきた人間があるか〉

藤堂は、そう吼《ほ》えたい気がした。
二、三の見込みちがいが、何だというのか。裏目に出たとはいえ、すべて会社を思ってしたことである。わたしが会社に対し、どんな悪をしたというのか。私財も貯《たくわ》えず、社費であそぶといっても、新聞記者の接待をするくらい。家庭もすて、寝食も忘れて、経営に賭けた。趣味ひとつない。本気の経営とは、それくらいやらぬと追いつかぬものだし、また、経営ほど男を陶酔させる仕事はない。

藤堂は、最後の力をふりしぼって、経営に酔おうとした。

四月も終りの役員会は、定例通り、午後三時に開かれた。

冒頭、藤堂は、いきなり立ち上って、発言した。

「役員会は、これで終りにします。今後、一切、開きません。常務会も行いません。仮に諸君たちがどんな名の会合を持たれようと、それは、会社の経営に反映させません」

矢吹はじめ全役員が、眼《め》をみはって藤堂を見つめた。仰天したとしか言いようのない顔であった。

藤堂は、うすく笑った。久しぶりの主役の快感。温顔がよみがえった。やさしい声で、しかし、きびしい申し渡しを続けた。

「今後、華王紡の経営は、一切、ぼくの直轄《ちょっかつ》体制で行います。各部門の長を、直接ぼくが掌握し、指揮します。諸君がこの間に介入することは無用です。いや、禁じます」

ようやく役員たちが声をあげる。

「社長、商法違反では……」

「定款《ていかん》では、社長……」

藤堂は、耳をかさなかった。

親政を実現した藤堂にとって、もはや役員たちは存在しないも同然であった。存在しない者の声を聞く必要はなかった。

口をあけたまま藤堂を見上げている矢吹を眼のはしにとらえながら、藤堂は、もう一度、その決定を申し渡した。

社長直轄制には、社内だけでなく、世間もとまどった。藤堂が睡眠薬中毒のため発狂したのではないか、という声も出た。

ただ、藤堂には、はりのある日々がよみがえった。

社長室へは、一日中、次から次へと各部長課長が決裁を仰ぎに来る。夜おそくホテルへ帰ってからも、読みきれぬほどの未決書類や報告書がある。いまこそ、藤堂の華王紡であった。昼も夜も、華王紡がぴったり藤堂に密着している。

とりとめもないことを考えたり、揣摩臆測《しまおくそく》したりしている時間は消えた。矢吹の白いジャガーがどこを飛び廻《まわ》ろうが、問題ではなかった。用もなく仕事もない役員たち。切ってすてるか、飼い殺しにするか、ゆっくり考えるたのしみもある。

忙しさをうまく切りもりするようになったら、時間をつくって各工場へ出かけ、ときには男子従業員たちと野球をし、女子従業員と握手して廻ろう。

定年制廃止で、藤堂は全従業員をしっかりつかんでいる自信がある。温情主義の極致ともいうべきその決定は、藤堂ひとりの思いつきでなされた。そのことを全従業員が知っている。熱烈な歓迎を予想できた。

幾重にも藤堂をとり巻いてくる従業員たち。歓声。さし出されてくる無数の手。握手して廻るうちに心地よい手のしびれ……。

夾雑物《きょうざつぶつ》をすっかり排除し、家長である藤堂を中心とした美《うる》わしい大家族主義の楽園が、展開するはずであった。

藤堂の幻想を最初に破ったのは、他《ほか》ならぬその従業員たちであった。

使用者側を代表してたった一人で労資協議会に出席した藤堂に、組合幹部は立て続けに質問を浴びせてきた。

「経常収支の赤字は、いつになったら解消するのか」

「粉飾を除いた化粧品部門の収支はどうか」

「オーゼ・オ・ジャポンの採算点を、どこに置いたのか」

…………

藤堂の予期していたバラ色のふんい気など、みじんもなかった。

藤堂に数字の用意はなかった。あわてて担当部長を呼んで、数字を持って来させる。

数字、数字、数字……。

その数字が信用されぬ。根拠は何か。粉飾はないか。

藤堂は温顔を失った。だが、役員会とはちがって、中座はしなかった。いま藤堂に残っているのは、従業員だけである。その従業員を失えば、華王紡もなくなる。

だが、そうした藤堂の弱みを見抜いたように、組合幹部の追及は、いよいよきびしくなる。

「大洋アクリルとの合併流産に責任はないのか」

「三河絹糸工作失敗の責任をどうするのか」

「われわれはダイヤモンド計画に協力してきたが、会社の業績は少しもよくならない。社長はその失態を認めるのか。認めたら、責任をどうとるのか」

責任、責任、責任……。それは協議会というより、一種の査問会であり、つるし上げであった。

それでも、藤堂は耐えた。耳を疑いたくなるような思いがしながらも、それをつとめてよい風に解釈した。

社長親政を実現したために、従業員たちはこんな風に自分に甘えて物を言う。また、全役員に向けらるべき非難を、自分ひとりにぶつけてくる。藤堂としては、息子たちの突き上げをじっとこらえる父親の心境であった。息子を失いたくない。こらえて聞いてやり、強い和解へふみ出さねばならぬ。

こうして藤堂は、三時間を越すほど耐えた。

だが、そうした藤堂に、組合幹部の一人はとどめをさすように言った。

「あなたに対する強い不信の念が従業員の間に在ることを念頭に置いて、事を進めて下さい」

藤堂も、さすがに色を失った。

「きみ、もう一度言ってみてくれ」

その男は、悪びれもせず、くり返した。他の幹部も、当然のことのように聞いている。事前に打ち合せでもしてきた気配であった。その背後に藤堂は矢吹の幻を見た。

藤堂は、つとめて冷静に言った。

「それは、脅迫なのかね」

「いえ。ただ社長のためを思って申し上げただけです」

「それが脅迫だというのだ」

「……わたしたちが、どうして社長を脅迫できましょう」

「もういい」

藤堂は、部厚い掌《てのひら》を力なく振って遮《さえぎ》り、腰を浮かせた。

藤堂には、大きなショックであった。

いつかのクーデターのときと同様、あり得べからざることが起った。悪い夢でも見た感じで、そのうち、「あの三時間は、すべて、まちがいでした」と、組合幹部たちが謝りにやってきそうな気がした。

もちろん、いくら経《た》っても、組合幹部たちは現われなかった。

ただ、藤堂は、事態をそれほど深刻に考えないことにした。

社長直轄制が従業員によくのみこめていない。専制的な独裁体制、首切りを伴う恐怖政治が行われるのではないかと、おそれている。そのため、ヒステリックになっている。

なるほど、社長直轄制は独裁にはちがいないが、それというのも、温情主義経営に徹するための独裁である。首切りどころか、藤堂の頭には、従業員の繁栄しかない。その気持がわかれば、二度とああした発言はしないはずだ。

ただ藤堂に気がかりなのは、組合が意識的に藤堂に挑戦《ちょうせん》してきたのではないか、ということである。組合の背後に誰かが居て、組合を操作し、藤堂を窮地に立たせようとしている。その誰かとは、もちろん、矢吹以外にない。

労務畑出身で永らく組合を牛耳ってきた矢吹。藤堂自身、つい最近まで矢吹を通して組合の協力をとりつけてきた。矢吹をとらえることで、組合をつかんだ。

それほどの矢吹が、組合に働きかけぬわけはない。

藤堂は矢吹を呼びつけて問いつめ、場合によっては、処分することも考えた。ただ、いまの状勢のままで矢吹に強く出れば、ますます組合を怒らせ、離反させる心配がある。矢吹の策謀とわかっても、矢吹に手をつけぬ方がいい。ということは、藤堂としては、とくに働きかける方法はなく、ごく自然な推移の中で、自分の真意が組合に理解されて行くのを待つ他はなかった。

親政とはいっても、従業員たちは組合というベールの向うに居る。その組合は、親の心子知らずである。当分、藤堂を従業員から冷たく隔てる役割をして行くであろう。

藤堂はやきもきした。工場を訪ねて熱狂的な接触をはかる前に、まず組合との信頼関係をとり戻《もど》さねばならない。三時間かけた話し合いでも、ただ遠ざかるばかりであった組合。その組合を力ずくでどうこうするということも、藤堂にはできない。組合はもはや藤堂ひとりの手の及ばぬものに育ってしまっている。矢吹はじめいくつもの触手を通して接触すべきものなのだ。

いまの藤堂には、その幾人分もの働きをする余裕がない。幾人もの身代りが欲しい。痛切に欲しい。

身代りが欲しいのは、銀行関係との接触においても同様であった。社長直轄制などという異常な経営形態は、銀行筋には警戒の目を以《もつ》て迎えられた。三友銀行はじめ取引銀行は、申し合せたように融資枠《わく》をちぢめはじめた。経理部長にどれほど交渉させても、事態は変らない。といって、社内を見るのに精いっぱいで、藤堂自身銀行筋に懇請して廻る余裕もないし、正直に言って、その気にもなれない。

それまで藤堂は、自分の方から銀行に出かけたことはなかった。銀行との接触など、大社長の仕事ではない。用があれば銀行の方から出かけてくるべきだぐらいに考えていた。全盛時の華王紡には、たしかにその力があった。

だが、いまとなっては、たとえ藤堂自身が出かけても、銀行の心証はよくなりそうになかった。三友銀行からの役員派遣を断わって以来、銀行筋は藤堂によい印象を持っていない。経営手腕についても、ダイヤモンド計画の不振などから見切りをつけている。

華王紡のため誰かにとりなしをたのもうにも、財界づき合いのない藤堂には、その誰かが居ない。

華王紡の金繰りは、目に見えて苦しくなってきた。

さし当って、ひとつだけ、活路があった。華王紡は全国各地に工場や事業所を持つ。地価の騰貴《とうき》しているところも多く、その中の遊休化しているものを売却すれば、相当の資金が調達できるはずである。

だが、藤堂では、それができない。拡張一途《いちず》で来た藤堂にとって、王国をせばめるのは辛《つら》いが、そうした感傷をのり越えても、藤堂にはできない理由がある。

まず、それらの部門に働く従業員の抵抗をおさえる自信がない。蚕糸の整理や全社的再建整理は、島や矢吹が専念し、何カ月もかかって説得にこぎつけたものである。藤堂には、とてもその根気も余裕もないし、また、組合が相手になってくれると思えない。

当然、はげしい争議が起き、会社を危うくすると同時に、温情主義経営の面目まるつぶれになる。

次に、それら固定資産の多くは、すでに銀行の担保に入っている。担保解除についての銀行筋の了解をとりつける自信も、藤堂にはない。

つまり、膨大な不動産を抱えながら、それらはすべて宝の持ちぐされとなっていた。

藤堂は、身を削られる思いを重ねた。もはや、不眠症も不健康も構っては居《お》れなかった。

身を削っていくつも腹心ができるものなら、そうしたい。たとえ大社長でも、腹心もなければ、手兵も居ない。これでは戦いようがないではないか。

「いよいよ藤堂さんも終りだね。いや、終らせねばならん。さもないと、会社がつぶれる」

矢吹に茶をすすめた後、大牟田《おおむた》はゆったりした口調でつぶやいた。

春の雨が音もなく降っている日曜日。楢《なら》や櫟《くぬぎ》の若葉が緑に光り、雨に洗われたつつじの朱や紅が美しい。

「藤堂さんも、これほどエラーを重ねれば、もう抜きさしならぬところへ来ていることが自分でもわかっているはずだが」

「わかっても認めようとされない。それが、今度の直轄制です」

「わかっている、わかっている。あの人の耳には、無数の刺客が音もなく迫ってくる気配が、たしかに聞えていた。自分のまわりには、誰《だれ》も味方は居ない。腹心も居なければ、警固の者も居ない。ただ眼に見えぬ刺客だけが迫ってくる。いやな気持だ。声をあげたくなる……。藤堂さんは、その刺客たちを一斉《いっせい》になぎ払うつもりで、直轄体制に踏みきったのだろう」

どこで濡《ぬ》れているのか、小綬鶏《こじゅけい》の高い啼《な》き声《ごえ》が山にこだました。

「しかし、それをやっても、なお刺客たちが迫ってくる。いまごろ、藤堂さんはどんな気持で居るのだろう」

大牟田はそう言いながら、眼を矢吹に向けた。

「島さんが社長のわしに引導を渡したのは、忘れもせぬ大雪の日だった。雪のせいだけでなく、あの日の島さんの顔色は悪かった。それでも、引導を渡す島さんは、わしより役者が一枚上だったが、その血色の悪い顔を見ながら、わしは島さんの奥に、もう一枚上の役者が居ると思った。言うまでもなく、それがきみだ」

矢吹は黙って正坐《せいざ》して聞いていた。

「きみは、藤堂さんの腹心だった。藤堂さんのしたことの一半の責任は、きみにも在る。正直言って、わしもきみに釈然としないものが残っている。だが、きみの力は認めざるを得ない。後はきみがやるんだな。きみ以外に誰が居る。島さんは社長になることもなく、あっけなく死んだ。そして、今度は藤堂さんが……。みんな去ったり、消えて行く。この世のことは、正《まさ》しく夢の如《ごと》く候《そうろう》なのだ」

「わたしに社長をやれと言われるのですか」

「そうだ。まんざら考えなかったわけでもあるまい。といって、きみが社長になることだけを目指してきた男だとも思えない。きみはロマンチストだ。運命共同体などというものを、真剣に考える。そのために、わしを斬《き》り、また、藤堂さんを裏切る。その一念の非情さや重さみたいなものが、わしにも買う気を起させる。銀行筋でも、わしらOBの間でも、少し若過ぎるが、もはやきみ以外に華王紡を背負って行ける人間はないという意見だ。それに、きみは若手をしっかりつかんでいる。組合幹部にも、きみの心酔者が多い。藤堂さんに斬られた内田君を呼び戻すこともできる。つまり、きみは社内的にも核になれる人間なのだ」

「しかし、わたしは……」

「誤解しないでほしい。わしらがきみを社長にするわけではない。そんな力は、たとえばこのわしには毛頭ない。きみ自身で社長になるのだ」

「…………」

「最後の詰めを誤らぬように、慎重にやるんだな。詰めが甘いと、わしのように苦杯をなめることになる。藤堂さんにだって、まだまだ力がある。いざとなれば、何をされるかわからん。会社を二つに割るような騒ぎになっても困る。無数の刺客は要らない。一人で声も立てさせず致命傷を与えればいい」

小綬鶏の声が、また高らかに山にこだまして聞えてくる。大牟田は、はじめて眼を窓の外にやって、つぶやいた。

「あの鳥の啼き声を、ここらの人は、『チョト来イ』『チョックラ来イ』だと言っている。考えてみれば、藤堂さんも、ずいぶん多くの人間を『チョト来イ、チョックラ来イ』と無雑作に役員室に呼びこんでは殺したものだ。その『チョト来イ』も、とうとう終るというわけだね」

「終らせねばならぬと思います」

矢吹が、きっぱりと受けてから、つけ加えた。

「ただし、わたしが社長として適任かどうかは、やはり、わたしのきめることではないと思います。社外にだって、適任の方が居られるかも知れませんし」

「社外に？　誰が居るのだね」

「たとえば、華王化成の茅場《かやば》社長です。華王化成は、華王紡の法人大株主ですし、茅場社長は社外重役でもあります」

「しかし、きみ、茅場さんは、華王紡をにくんでいる。これまでも一度として、総会にも役員会にも来られたことがない。それに、華王化成は好調だし、何も斜陽会社へ来て苦しむこともない。社長になど、なりっこないよ」

「しかし、影響力の強い人です。社長人事については、あの人の意見を聞くべきではないでしょうか」

「聞くといったって、茅場さんに誰が連絡をつける」

「わたしがつけます」

「きみが……。きみは、茅場さんとも話ができるというのか」

「はい。話がつくかどうかは別として」

「なるほど。その点だけでも、きみはわしらとちがって、社長になる資格がある。わしらには、できなかったことだ」

大牟田は瞑目《めいもく》して言った。

矢吹は、その足でジャガーをとばして鎌倉《かまくら》へ廻り、茅場の邸《やしき》を訪ねた。

泉水に臨んだ座敷に通された。茅場はその縁側で鯉《こい》に餌《えさ》をやりながら、矢吹を迎えた。

矢吹は、単刀直入に社長就任を要請した。賭《かけ》であったが、賭けねばならぬと思った。

茅場は手を止め、度の強い眼鏡越しに矢吹を凝視した。

「本当にわしが社長になっていいのかね」

ゆっくり念を押す。

「きみを追い出すことになるかも知れんぞ」

矢吹は、黙ってうなずいた。

茅場は手にしていた餌を投げた。水音を立てて鯉がおどった。

「わしを社長に引き出すについてのきみの条件は何だ」

「何もありません」

「副社長にせよとか、それとも、少なくともいまのまま残しておいてほしいとか、何かあるだろう」

「何もありません」

矢吹はくり返した。

「本当に何もないのだな」

「はい」

「それなら、きみにやめてもらう。少なくとも、きみには藤堂さんの腹心の時代があった。そういうきみを、わしは許せん」

「はい」

それならそれでいい。茅場もまた「行動する経営者」である。いまの華王紡という運命共同体にふさわしいタイプである。

「これで話は終った」

茅場は手をたたいて、家人に言った。

「おい、お客さんのお帰りだよ」

矢吹は、全身から力が抜ける気がした。

賭に敗れた。軽率だったのか、欲深くなかったのか。いや、これでよい。これは通すべき筋道である。自分のロマンは、こうした形で実りこそすれ、つぶれはしない。

立ち上った矢吹の背に、ふいに茅場の笑声がきこえた。

「矢吹君、わしはきみを見直したよ」

「はあ?」

「いずれ近い中《うち》に、たしかな返事をしよう。それまでは何も考えるな」

「……はい」

ふり返ると、茅場は池に向いていた。

その後姿に一礼し、矢吹は足をふんばるようにして、玄関へ向った。

五日ほどして、矢吹は華王化成の社長室へ呼ばれた。

「きみがやりたまえ」

茅場は、矢吹の頑丈《がんじよう》な肩をたたいて言った。

「心当りの連中に打診してみた。みんな、きみについては、意外によい印象を持っている」

「ありがとうございます」

矢吹は、頭を下げた。矢吹についての好印象があるとすれば、それは茅場自身がふりまいてくれたものではないのか。

茅場は、もう一度、矢吹の肩をたたいた。

「これからは、及ばずながら、きみを、いや、華王紡をバックアップしよう。もはや藤堂色のない華王紡を」

そのころ、藤堂は、しびれをきらして自分で銀行廻《まわ》りに出かけていた。

どこの銀行でも、冷たくあしらわれた。頭取クラスは顔を見せず、部長か、せいぜい担当役員が応接に出た。

そうした男たちの藤堂を見る眼《め》は、冷やかであった。彼等《かれら》は、きまって、まず藤堂の健康状態を訊《き》いた。それはしかし、藤堂への敬意というより、もはや会社のことは話題にならない、事務的に挨拶《あいさつ》を交わし、ついでに藤堂にその病人くささを思い知らせておこうという魂胆にもとれた。

藤堂の端整な顔は蒼《あお》くむくみ、部厚い唇《くちびる》も色を失っている。かつて人々を眩惑《げんわく》したと信じられぬほど、話しぶりにも精彩がなかった。

変らないのは、藤堂の内心のプライドである。二言三言話しているうち、藤堂は相手のそうした態度に耐えられなくなる。

〈なぜ、こんな連中に頭を下げに来たのか〉

と、腹が立ってくる。懇願も哀願もする気はない。席を蹴《け》るようにして立つ。銀行廻りは、結局、気まずい空気を残してくるだけに終った。

藤堂が銀行工作をあきらめた次の日、矢吹が社長室の藤堂の前に立った。

矢吹は、かたい表情をしていた。眼鏡の奥の眼が、藤堂を見つめたまま動かない。

「何の用ですか」

藤堂は、つとめておだやかに訊いた。

藤堂は期待した。矢吹のこわばりがにわかにとけ、床に頽《くずお》折れるようにして、

〈社長、申しわけありません。わたしにできることなら、何でも致しますから……〉

とでも口走ってくれることを。

矢吹は、藤堂に負けずおだやかな声で言った。

「社長、わたしが何のために来たか、お察し頂けるでしょうか」

藤堂はその言葉に不愉快なものを感じた。藤堂は鼻白んで答えた。

「退社願いにでも来たのですか」

矢吹は小さくうなずいた。藤堂は、おやと思った。この男、意外にもろく降参したな、と。

だが、矢吹は、すぐ皮肉に言い足した。

「もっとも、わたしではなく、社長が退かれるように、おねがいに来たのです」

「何を言う。きみにそんなことを言われる理由はない」

「あなたのお認めにならない役員会の決議として、申し上げるのです」

藤堂は黙って聞き流した。

いまさら、おどろきはしない、直轄制《ちよつかつせい》に対して何等かの巻き返しは予想していた。それに、先回のクーデターといい、役員たちの造反は、いまにはじまったことではない。

藤堂は一呼吸はずしてから、

「参考までに訊くが、なぜ、ぼくがやめなければならないのです」

「このままでは、会社が危ないからです」

「それは、きみたちだけの見方でしょう」

「客観的に見て、そうだと思うのですが。それに、もうひとつ、社長個人のためにもと、申し添えます」

「ぼく個人？　ぼくの体を心配してくれるとでもいうのかね」

「それもあります」

「まだ他《ほか》にあるのかね」

「社長の名誉のためです。社長に不面目な思いをさせたくないのです」

「不面目？　ぼくがどういう不面目なことをしたというのかね」

「司直の手にかかるようなことになれば、やはり不面目という他はないでしょう」

「なぜ、ぼくが……。ぼくが、どんな罪を犯したというのだ」

「三河絹糸株主総会の乱闘事件についてです」

「あれは、ぼくは知らぬ。隼が……」

「隼は威力業務妨害罪で起訴されました。しかし、隼の供述しだいでは、社長に暴力教唆《きょうさ》という容疑が及びかねません。隼ひとりすべての罪を負い、社長は無傷で相変らず社長のままというのでは……」

「……きみは隼に会ったのか。いつ会ったのだ」

矢吹はそれには答えず、たたみかけた。

「それだけではありません。隼が買占資金を銀行から引き出すに当って、社長が保証をなさったそうですね。御存知かと思うのですが、会社に関係のないものに融資保証をするには、役員会の決議が必要です。決議なしで勝手に保証をされた社長は、特別背任罪に問われます。その材料もそろっているのです」

矢吹の白くふっくらした顔、頑丈な体が、のしかかるように迫ってくる。藤堂はあえいで言った。

「ぼくが何のためにそうしたのか、きみたちには、わかっているだろう。ぼく個人の利益のためではない。すべて会社を思ってのことなんだ」

「ほんとうに会社のためでしょうか」

「何を言う」

「社長の意地のためではありませんか。役員会の方針は、三河絹糸工作打ち切りと、きまっていました。それをあえて破られたのは、社長個人の意地という他はありません。それは一例です。さまざまの拡大政策、それに伴う粉飾。どこにも、社長個人の意地や面子《メンツ》がのぞいています。運命共同体にとっては、そういう個人の意地や面子は、百害あって一利ありません。共同体の名において、退いて頂く他はないのです」

「しかし、きみ……」

「退かれる社長には、以前にはダイヤモンド計画に専念する大物会長という花道を用意しました。だが、今度用意できる花道は、社長が自分の意志で後継者を選んで円満に退いたという体裁だけです。名誉を重んじられる社長のために、それがわたしたちにできるせめてもの餞《はなむけ》です」

「それでは、きみたちは一挙にぼくを社外へ追い出すつもりなのか」

「いや、会長というポストは差し上げます。だから、会社へ来られても結構です」

「会社へ来て結構だって、何という言い方だ、きみは」

「会社はもはやあなたを必要としていない。しかし、あなたがお望みなら、お出《い》で下さっても構いませんと言っているのです。もちろん、体裁だけを考えてのことですので、代表権は差し上げられません」

藤堂は、物を言う元気を失《な》くした。

社長室の中を見渡す。ゴブラン織をはった天井、壁のタペストリイ、ウォルナットの椅子《いす》……。琥珀色《こはくいろ》のこの部屋は、藤堂のためだけに在るのではなかったか。藤堂の人生もまた、この部屋のためだけに在った。

いまいましいが、藤堂は訊かねばならない。

「次の社長に誰《だれ》がなるのだ」

「わたしがやらせて頂きます。あなたの指名を受けたという形で」

矢吹は、そこで、久しぶりに腹心の表情を見せた。

「社長はわたしにやらせていいと、お考えになりませんか」

「……いいだろう」

藤堂はそう言ってから、辛《かろ》うじて威厳をとり戻《もど》し、つけ加えた。

「適材はきみ以外には居ないだろう」

「ありがとうございます」

矢吹は軽く頭を下げた。藤堂は、自分の意志で矢吹を社長にしてやったような感じを持った。

だが、それは一瞬のことであった。矢吹は、そうした藤堂の気持に水をかぶせるように続けた。

「その線で、すでに大株主や銀行筋の了解をとりつけてあります」

藤堂は、また言葉を失くした。

銀行関係者のよそよそしい態度をあらためて思い出した。彼等の眼に藤堂は、社長の椅子から転落した男でしかなかった。釈明の余地もなく欠席裁判で処分をきめられ、しかもその処分にまだ気づかずに居るまぬけな男が、藤堂であった。

藤堂は、いつかホテルの窓から見た白いジャガーを思い起しながら言った。

「きみがずいぶん蠢動《しゅんどう》しているように思っていたが、そこまで……」

「わたしを策士と御覧になっては困ります。策謀など最も不得手な人間です。ただ、それでも会社を救おうと、いっしょうけんめいでした。そのため、ごく常識的に行動しただけです」

「常識的にとは」

「社内の衆智《しゅうち》を集め、先輩の意向を聞き、銀行筋に相談し、組合と協議し……。どれも、常識的なこと、定石《じょうせき》通りのことで、それをただ実行したまでです」

矢吹は「実行」という言葉を声を強めて言った。藤堂を斬《き》るということも矢吹の定石であって、その「実行」から藤堂は逃れようもないのを感じた。

久しぶりに役員会が開かれた。

その席上で、藤堂は、

「かねて思うところにより、自分は会長に退くが、代表権は持たない。社長の後任には、矢吹君を指名する」

と、短く発言した。

同じ日、藤堂は「会長就任の挨拶」という一文を印刷して社内に配った。

「変化してやまない時代に生きるには、常に経営に新しい時代の風を迎え入れなければならない。この意味で、わたしはかねてから当社の経営陣の若返りをねがい、適切な後継者を得ることこそが、わたしの最大の課題と心得てきた。同時に、新しい経営陣が得られたときこそ、わたしの退くべきときという信念を、ひそかに持ち続けてきた……」

翌日、華王紡本社で記者会見が行われた。藤堂は静養中ということで、矢吹ひとりが会見に出た。

まず「社長就任についての御挨拶」と、矢吹の「経歴表」が記者たちに配られた。挨拶文は、前日、藤堂が配ったのとほぼ同趣旨を矢吹の立場から書いたもの。経歴表には、生年月日・原籍からはじまり、矢吹の学歴、社歴などが要領よく記してあった。

——突然の交代の理由は何です。

「突然でも何でもありません。藤堂さんがかねがね考えて居《お》られたことで、その機が熟したと判断されたためです。それに、二十余年の社長業に、さすがの藤堂さんもお疲れのようです。しばらく静養されて、そのうち、より高い立場で活躍されるでしょう」

――それにしても、新社長は若過ぎる。御自身でも、そうだと思われませんか。

「思い切った若返りが必要という藤堂さんの判断によるものです。国際競争は激化し、これからの経営者は精力的に活動をしなければなりません。何よりバイタリティが必要なのです。若過ぎるといわれますが、アメリカでは一流企業でも四十代の社長が珍しくないというではありませんか」

――なぜ、あなたが社長に選ばれたと、お考えですか。

「運がよかったのでしょう。わたしは、天命だと考えてます。わたしが他の人よりとくにすぐれているわけでなく、また、社長になろうと思ってなれるものでもありません。ただわたしは、上役から信頼される人間になろうと思ってきました。信頼されるということは、全人格的なものであって、わたしは口はばったいようですが、寝食を忘れ、全身全霊を捧《ささ》げて、仕えてきました。もっとも、そうしたからといって、社長になれるなれないは別問題で、その意味では、やはり天命という他ありませんね」

――運命論者ですか。

「ある意味では、そうです。わたしの友人たちはみんな戦争で死に、わたしひとり、ふしぎに命永らえてきました。やはり、人一倍、運命なり天命を考える方でしょうね」

――戦後は余生と考えられるのですか。

「自分の人生は、戦争で終ったと思います。生き残った自分は、死んだ仲間たちに代って、何かのため、たとえば隣人のため、国のため、尽すべきだと思いました。幸い、わたしには、華王紡という運命共同体ができました。この運命共同体に尽し、運命共同体を通して社会なり国のために尽すことが、わたしの生甲斐《いきがい》になったのです」

――たいへんきれいなお話ばかりだが、実は華王紡の決算には粉飾があるし、銀行筋も藤堂社長を見放した、やむを得ずの交代だというわさを耳にしましたが。

「わたしの知る限りでは、粉飾はないとはっきり申し上げられます。銀行筋ともうまく行っています。もちろん、交代については、一応の了解をとりつけたと思いますが、それは形式的なことで、銀行からの圧力があってのことではありません」

――社長としての抱負は。

「藤堂さんの路線を、そのまま踏襲します。ダイヤモンド計画もひきつぎますが、あくまで繊維中心、それも、合繊に主力を置いて行きます」

――定年制廃止は、どうします。

「これも踏襲してやって行きます。もちろん経済情勢いかんでは、再検討する可能性がないとはいえませんが、それは当面の問題ではありません」

――藤堂さんからは、どんな社長学を受けられました。

「すべてです。永い間、藤堂さんとは寝食を共にしてきましたが、その間の毎日が社長学だったと思います」

――最近読んで感銘を受けられた本は。

「勝海舟《かつかいしゅう》の伝記です。旧主に仕えて忠誠を尽しながら、より高い次元でそれを乗り越えて行こうとするところなど、教えられました」

…………

矢吹は、微笑を浮べ、落着いてしゃべった。

永い間見馴《みな》れてきたせいであろう、藤堂の記者会見ぶりが、自分の身にもついていた。

「二十年前の藤堂社長そっくりだ」

と言う老記者も居た。

はじめて矢吹に会う記者も多かったが、若い矢吹の悠然《ゆうぜん》たる社長ぶりに、そこまで育て上げた藤堂のえらさを、まず感じたりした。

矢吹は、きれいごとばかりしゃべったわけではない。むしろ、かなり正直に話したつもりであった。

いま藤堂に何より静養して欲しいと思っているのは、事実であった。戦後を余生とし、社長就任を天命と観じているのも、正直な感想であった。矢吹は、社長はこうすべきだと考えたことはあっても、自ら社長になろうとやきもきしたことはない。

拾いものの人生。それがぐるぐる廻《まわ》っているうちに、社長の椅子につかねばならなくなっただけという感じである。

社長になったからといって、矢吹の心ににわかにはずんでくるものはなかった。もちろん、その底には、藤堂を追いつめ追い落したという思いがある。

矢吹は、自分たちの主は運命共同体であり、藤堂も自分もその前には一構成員でしかないと考えているが、世間には、主を倒したという風に見るひともいる。

矢吹は藤堂と気の遠くなるほど長い期間、寝食を共にしてきた。そして、たしかに社長学を学んだが、それはただ藤堂に教えられたというだけでなく、藤堂の欠点について学ぶという面もあった。その辺のニュアンスは、記者会見では伝わらない。

ダイヤモンド計画の推進ではなく、繊維中心に行くこと、はじめたばかりの定年制廃止も再吟味しかねないこと、あるいは、旧主を乗り越えて行く勝海舟を話題にしたことなど、藤堂路線の忠実な踏襲でないことを言外に匂《にお》わせもした。

だが、それも記者たちにどれほど伝わったであろうか。伝わらなくとも、もちろん、矢吹に不満はない。矢吹自身を理解してもらうチャンスは、これからいくらでもあるからだ。

矢吹はその記者会見を、自分を披露《ひろう》するよりも、藤堂のための花道を用意する機会と考えた。藤堂が偉大な社長として花道を去った印象を与えるように、心を配った。それが、腹心矢吹にできる「旧主」へのせめてもの奉公であった。

矢吹のこうした努力は報いられた。

社長交代についてのマスコミの報道には、

「藤堂社長の英断に驚倒した」

「次期社長を計画的に育てたのは、りっぱ」

などと、藤堂をほめるコメントが並び、中には、

「新社長は藤堂のリモコン支配を受け、結局、藤堂の院政になるのではないか」

と観測した記事もあった。

矢吹への祝電や祝いの手紙が、数多く届いた。急に旧交をあたためにかかる手紙もあったし、見当ちがいの激励をよこすものもあった。その中で一通、矢吹には意外であり、心にくい手紙があった。柳光子からであった。

「お久しぶり。またお勝ちになりましたね。感傷家のお坊ちゃんに対し、捨て身の野性が勝ったわけですね。おめでとうと申し上げます。でも、運命共同体論の勝利といってよいかどうか、また、それが日本の明日のためによろこんでよいかどうか、わたしはいまも判じかねております。ともかく、よき実験でありますように」

社長就任を「実験」と見ている。相変らず知性の勝った女だと、苦笑が出た。

それに、運命共同体がまだまだ幻想であるかのような口ぶりでもある。これほどたしかに現実の企業としてつくり上げてきたのに。

幻想なら幻想でもよい。幻想のない経営者は、ついに行動することがない。矢吹がここまで歩んで来れたのは、他人にない幻想のせいであった。

燃えるような幻想プラス骨太い経営の原則論。勝つのは当然である。その勝利のどこがおかしいというのだろう。

いま一通、矢吹の心に突き刺さる手紙があった。内田からである。

「これまで、あなたには、あなたが死ねと言えば死ぬ五十人以上の同志があり、鉄の結束を誇っていた。あなたの社長就任で、やがて彼等《かれら》も登用され、これまでほどきびしくあなたを見なくなるかも知れない。しかし、運命共同体というわれわれのロマンを、もしあなたが裏切り、われわれを失望させるようなことがあれば、即座にあなたを刺そうという同志が、なお十人は居ることも忘れないで欲しい」

それは、運命共同体をまぎれもない実在と信じている仲間からの手紙である。厄介《やっかい》なことに、矢吹以上に強く純粋に運命共同体に賭《か》けている。

矢吹は、白いジャガーを息子に譲り、ベンツに乗り替えた。部屋を一廻り大きいのに変えただけで、エンプレス・ホテルを生活の本拠とすることに変りはない。

会社では、藤堂の居た社長室に納まった。マホガニーの机、ウォルナットの椅子、調度類もそのままで、カーテンひとつ取り替えない。藤堂のあとにすっぽり納まっている。

藤堂にはたまらない気がするのだが、世間は、かえって矢吹を藤堂の忠実な踏襲者と見る。

その一方、藤堂のためには会長室もない。かつて藤堂が社長室の上につくりかけた会長室は、社長復帰後、設計変更して、いまは企画部が使っている。藤堂が再度会長になったからといって、企画部はそのまま居すわって、模様替えの計画はない。つまり、会社へ出ても、藤堂の居る場はなかった。

藤堂が冴《さ》えない顔つきで、社長室の矢吹のところへやってきた。

「きみ、会長室は」

「会長室はございません」

藤堂は、棒をのんだようになった。ただ、王者の貫禄《かんろく》を失うまいと、こらえている。

わずかに、にぎった拳《こぶし》がふるえた。

「おかしなことを言う。きみは会社へ出てくれと言ったではないか」

「申したおぼえはありません」

「たしかに言った」

「言いません。……ただ、会社へ出て来ても構わぬという風に申したかも知れません。現に、あなたはこうしてお出でになっている」

「しかし、机がない」

「机？　どこか空《あ》いているのをお使い下さい」

〈それが、いまこの運命共同体におけるあなたの位置なのです〉

と、矢吹はつけ加えたかった。

藤堂は、未練そうに社長室の中を見廻している。矢吹は心をきめた。

「はっきり申し上げましょう。今後は、もうお出でにならんで下さい」

「えっ」

藤堂は聞きちがえたのかと思った。聞きちがえでありたかったが、矢吹の言葉は、はっきり藤堂の耳にやきついていた。

藤堂は意地になり、二度と会社へ出なかった。

それでいて藤堂は、暇ができたらゆっくり行くことをたのしみにしていた、パリの厚子のところへも出かけない。いつ会社が自分を必要とするかも知れぬ。外国に出かけていては、自分の重要さを否定するようなものだと思った。

藤堂は出不精《でぶしよう》になり、ホテルの部屋に閉じこもって、本を読んだままという日が多くなった。相変らず不眠症だが、ただ藤堂にわずかに救いとなったのは、白いジャガーの幻にもう追われなくなったということである。

代りに、藤堂はときどき夢を見た。

矢吹がふらっと訪ねてきて、

〈会長、わたしたちがまちがっていました。どうか、いま一度、御出馬を……〉

と、頭を下げて切り出すさまを。

だが、どれほど待っても、矢吹の現われることはなかった。

半年経《た》ち、矢吹が社長になって、最初の株主総会が廻《めぐ》ってきた。

その半年間に、矢吹は藤堂ではできなかったいくつかの改革をやった。

ダイヤモンド計画中の不採算部門を切り離して、別会社にした。方向としては、化織部門を強化し、綜合《そうごう》繊維会社へ。

遊休固定資産も、いくつか処分した。

いずれも組合をおさえ、また銀行筋と話のつけられる矢吹だから、できることであった。こうして生れた資金で借入金を返済し、利子負担を大幅に減らした。

茅場社長の華王化成と系列を組むことで、化織部門のコスト・ダウンも実現した。ロスの多かったパリのオーゼとの提携を切り、優秀な若手デザイナーを起用して、ただの「華王」マークで強力な販売キャンペインを行なった。

すべて定石通りの経営原則論の実践であった。

繊維市況は相変らず低迷したままであったが、累積《るいせき》赤字は別として、華王紡の経常収支は目に見えて改善され、次期には黒字の期待が持たれた。

「実験」としては、まずまず成功であった。幻想プラス経営原則論の勝利だが、それには何よりも、社内外の矢吹へのバックアップが幸いした。

矢吹がはじめて議長席についたその総会では、これまでに見られぬ幅広い層の参加があった。

まず、壇上の重役席に、華王化成の茅場社長の顔があり、出席者の目を見はらせた。株主席の後ろには、秘書を連れた長橋老人の和服姿があり、これも出席者のささやきを誘った。

大牟田も来ていた。藤堂によって馘首《かくしゅ》されたOBたちの顔も、あちこちに見られた。矢吹は就任後、これも長橋老人の忠告に従って、彼等に電気マッサージ器を贈った。運命共同体の首長としての挨拶《あいさつ》である。自分たちが忘れられていないということで、彼等は一様に感激した。

内田も来ていた。矢吹と視線が合ったとき、その眼《め》がにやりと笑った。

いまは藤堂熱がさめ、矢吹に心酔している例の業界誌記者の顔もあった。

拍手の裡《うち》に決算報告を終ると、矢吹は正式に藤堂の退社、退職慰労金の贈呈について提案した。

「金額については、御一任ねがいます」

「異議なし」「賛成」の声の中で、関西の総会屋の一人が、中腰になって言った。

「仰山《ぎようさん》はずんで上げなはれや。藤堂さんあっての華王紡やったからなあ」

だが、誰《だれ》も聞いてはいなかった。野次もなく、黙殺された。

藤堂の評価の問題ではない。その総会屋の声に熱意の無さを読みとったからだ。こうした場合には、会社にたのまれるなり、あるいは退職者に傾倒した総会屋が居て、むきになって「慰労」を叫ぶ。会社側はその声を株主全体の声のように聞いて、慰労金をはずむという段取りになるのだが、関西の総会屋の声は、その範疇《はんちゆう》でさえなかった。総会屋仲間として意味のない声である。

隼も来ていたが、彼は終始、三白眼を動かし、場内の顔ぶれを改めるのにいそがしかった。

矢吹は満足であった。

近来になくにぎやかで明るく、心の通う総会である。運命共同体らしい総会である。これが修羅場《しゆらば》のはじまりとは思えない。十人の刺客が居るというが、どこに刺客のかげがあるのか。

藤堂は、自分を葬《ほうむ》る総会へ、もちろん出席しなかった。

その日も、エンプレス・ホテル七階のデラックス・ルームに居て、あてのない読書にふけっていた。

しきりに眼の先に光がちらつくので、顔でも洗おうとバスルームへ入ったとたん、視野が暗くなり、床の上に頽折《くずお》れた。心臓発作であった。

藤堂は、もがいた。絹の感触も、温容も、もはや、なかった。阿修羅《あしゅら》になった。うめいたが、広いデラックス・ルームから外へ声は届かない。

ひとりである。最後まで、ひとりである。だが、自分が死ぬのではない、天地が崩れるのだと、藤堂は思った。

解説

尾崎秀樹

城山三郎の経済小説は定評がある。それは彼の描く経済小説が、単に経済界の内幕の暴露や風雲録にとどまることなく、あきらかに経済界の人間像にまで目がとどいているからである。彼の作中人物はいずれもはっきりした個性をもち、行動する。経済機構の歯車として動かされるだけでなく、何らかの主体的な意志をもち、それを動かそうとしてきた人間に光をあて、その行動を通じて、企業や経済のダイナミックなメカニズムを、全体像としてとらえたところに、彼の作品の特色があるようだ。

彼が『総会屋錦城』を発表したのは昭和三十三年秋のことだが、財界の影武者として活躍する総会屋の生きかたをあつかったこの作品は、はじめての経済小説ともいえるものだった。城山三郎の登場によって経済小説の分野が開かれ、一定のステータスを得ることができた。彼と前後して企業小説、産業小説、あるいは産業推理もの、企業スパイものなどの書き手がつぎつぎにあらわれるが、そうした傾向の口火をきったのは城山三郎だといってよかろう。『総会屋錦城』の直木賞受賞が当時の状況に与えた影響は無視できない。

彼の経済小説は政治小説や社会小説へのひろがりをもっている。それは戦中戦後を生きてきた世代の実感と無縁ではない。昭和二年生れの彼は、太平洋戦争の末期に海軍特別幹部練習生（特幹と略称した）に志願している。天皇のために死ぬことを教えられた世代の者にとっては、八月十五日（敗戦）の到来は残酷なほどの不意討ちであり、既成の権威が音たてくずれたあとの空白感は容易に埋められなかった。彼の長編『大義の末』はその問題にふれている。

私自身も同じ世代の一員として同様な体験をもっているだけに、『大義の末』やそのあとで書かれた『一歩の距離』には、ふかい共感をおぼえる。彼の経済小説を理解する上で、これら戦中の原体験は重要な要素だといえるのではないか。『一歩の距離』の作中で、特攻志願者は一歩前へ出ろといわれ、その一歩が生と死をへだてる距離となることを痛感する場面があるが、城山三郎の作品の底にはこの一歩の距離の重みをかみしめた世代の心情がひそんでいるのだ。

城山三郎には谷中村《やなかむら》事件をあつかった『辛酸』、鈴木商店の盛衰を米騒動当時の時代相とあわせてとらえた『鼠《ねずみ》』、渋沢栄一のダイナミックな歩みを、日本の近代産業の草創期の中に描いた『雄気堂々』(『寒灯』を改題)、A級戦犯として処刑された元首相広田弘毅の生涯《しょうがい》を追った『落日燃ゆ』などの意欲作がいくつかある。それらの作品はいずれも政治小説、社会小説としてのひろがりをもつもので、経済小説における機構と人間の問題の追求が、そのような発展を結果したものと思われる。

しかしそれ以上に彼が戦中戦後体験の中で培《つちか》った意識の必然のあらわれとして、これらの諸作のモチーフを理解すべきではないだろうか。とくに『落日燃ゆ』にはそのことがつよく感じられた。

『役員室午後三時』は繊維業界の名門である華王紡績のワンマン社長であった藤堂《とうどう》が、腹心だった部下にその椅子《いす》を追われるまでの経過を描いた経済小説である。タイトルの〝午後三時の役員室〟というのは、作品の冒頭の役員会がその時間にはじまることにからませて、藤堂社長のワンマンとしての権威がゆらぎはじめることを暗示させたのであろう。また銀行が「綿紡は午後三時の産業だ」といった言葉にたいして、藤堂が反対意見を述べるくだりもあるが、これは紡績事業そのものの性格をさしており、作者はその両方の意味をダブらせて、このタイトルを用いたのかもしれない。

華王紡は創立以来八十年の歴史をもつ日本最古で最大の紡績会社だ。戦前には中国各地をはじめ海外にもひろく進出し、生産の七割を外地工場がしめたほどだったが、内地の工場だけでも二十八、最盛期の従業員数は十四万二千といわれた。発足当時、規模が大きすぎて不振におちいったのを、現社長藤堂の父がたのまれて二代目社長となり、その危機を救った。以後日本資本主義の発展にともなって繁栄を続け、戦後、会社の首脳部が追放されたときに藤堂が五代目の社長となった。その点ではいわゆるオーナー社長ではないが、しかし彼は父の思い出につながるこの会社に、一心同体の意識をもち、ひたすら社長業にうちこみ、その自信に裏打ちされた権威を身につけてきた。

六十二歳になった藤堂は、堂々とした恰幅《かっぷく》、重厚な風貌《ふうぼう》、落着いた挙措など、みるからに王者の風格をもち、ベンツのよく似合う紳士である。だが彼はそのベンツをときどき自分で運転するくらいで、ゴルフや夜のつきあいなど、趣味らしいものはほとんどない。財界ともあまり関係なく、自分の会社を愛し、それ以外には目をむけなかった。彼はときには容赦なく重役たちの首を切ったが、それも経営や人事にたいする自信のあらわれであり、全体としては温情主義を一貫させ、一度も企業規模を縮小することはなかった。彼は工場を行脚《あんぎゃ》して女工たちと握手したり、野球大会を見学して従業員たちと交流したときのふかい満足感を忘れなかった。それは華王紡が戦後の不況から立直った時期のことで、藤堂にも会社にも若い熱気があったが、会社が大きくのび、藤堂がその専制君主としておさまった今では、それらの思い出は藤堂の心の底の誇りをささえるだけのものになってしまった。

たしかに藤堂はその熱意によって華王紡の王国を再建した英主ではあったが、最近ではしばしばその判断に間違いをおかすようになった。しかも王者であるため、それをとがめる者がない。つぎつぎと意に添わない重役の首を切る彼のやりかたは、恐怖政治とまでささやかれたが、彼に対抗できるだけの実力をもつ人物はいなかったのだ。

だがその中で、ひそかに藤堂の追放を策したのが、企画室長の矢吹であった。

矢吹は五年前に年賀状がわりに不況対策案を社長に送ったことから認められ、以後抜擢《ばってき》されて藤堂の腹心として過してきた男である。労務畑出身の矢吹は組合をつかんでおり、経営の原則論にたってそれをおしとおすだけの実行力の持ち主だった。矢吹は藤堂の期待に応《こた》え、再建整備計画の中核となって推進し、その難事業をやり抜いた。いわば藤堂のもうひとつの頭脳としての役割を充分にはたしてきたのである。だが会社を運命共同体とみる矢吹は、経営者のありかたについて、それが集団にとってマイナスになれば、集団の力で除くべきだというきびしい考えかたをもっており、重役たちに説いて藤堂の棚上《たなあ》げをはかったのだ。

この計画は一応成功したが、矢吹が社長に推そうとした島専務は辞退し、副社長から昇格した大牟田《おおむた》は人格者ではあったが政治的能力はうすく、会長となった藤堂の力は依然として強かった。そして一時藤堂に殉じる形で退社した矢吹をよびもどし、ふたたび藤堂が社長に返り咲いたのだ。その間大牟田が社長として不適任であると知った矢吹は、その追放にも一役買い、島専務の引出しに動いたが、島の死によって藤堂政権の復活となると、一方で腹心としての立場を保ちながら、藤堂の暴走ぶりを注目しつづける。

藤堂はその矢吹に追われるような予感におびえながらも、彼を重役に昇進させることでひとつの賭《かけ》をこころみた。そして派手な業務計画をすすめたり、定年制廃止宣言などでマスコミの話題となったが、それらが会社の経営にもたらす不利益をかえりみようとしなかった。矢吹はもはやそうした藤堂の動きをとめようとせず、社長のゆき過ぎを内側からくずすための手をうち、最後には社内外の多くの人々から支持されて藤堂の権力欲にとどめをさし、新社長に就任した。そしてそれまでの経営における問題点を改善し、好調なすべり出しをはじめるのだが、その頃《ころ》藤堂は孤独な死を迎えるのだ。

『役員室午後三時』には社長の座をめぐっての企業内のたたかいが描かれており、それは一種の権力闘争だともいえる。だが藤堂にしても、また矢吹にしても、行動的ではあるがいわゆる野心的な権力者のタイプではない。藤堂は会社や事業への愛情をはき違えて、現実の見通しを誤ったのであり、矢吹の場合は彼の〝運命共同体論〟にもとづいて努力するうちに、社長の椅子がころがりこんできたのだ。つまりは矢吹なりの現実把握《はあく》が勝利をもたらしたわけだが、そこには企業自体の質的変化にともなう経営者のありかたの違いもみられる。藤堂は戦後の社長だが、経営者としてはどちらかというと戦前のタイプであり、矢吹はあきらかに戦後の、というよりむしろ現代的な経営者だ。矢吹の〝運命共同体論〟をどう評価するかは、読者それぞれの立場によってことなると思うが、藤堂の帝王学的な経営者思想に対置される、あたらしい考えかたのひとつとして、それがだされていることはたしかであろう。

この作品の中で藤堂の像はきわめてあざやかだ。彼は敗れてもその栄光を失わない。それにくらべると矢吹は平凡な努力型の人物で、信長や秀吉にたいする家康とでもいった感じを与える。だが作者の意図はことなった二人のタイプを描きわけることではなく、そうしたタイプをうんだ企業の、そして時代の動きを、この華王紡の歴史の上にとらえることにあったのではないか。作者の戦中派としての原体験は、これらの人物の個性と時代との対応をみつめる姿勢のなかにも生きているようだ。

（昭和四十九年十二月、文芸評論家）

この作品は昭和四十六年十二月新潮社より刊行された。

新潮文庫最新刊

役員室《やくいんしつ》午後《ごご》三時《さんじ》

新潮文庫　し-7-2

昭和五十年一月三十日 発行
平成二十一年七月十日 四十六刷改版
平成二十三年六月五日 四十八刷

著者　城《しろ》山《やま》三《さぶ》郎《ろう》

発行者　佐藤隆信
発行所　株式会社 新潮社
郵便番号　一六二―八七一一
東京都新宿区矢来町七一
電話 編集部(〇三)三二六六―五四四〇
読者係(〇三)三二六六―五一一一
http://www.shinchosha.co.jp

価格はカバーに表示してあります。

乱丁・落丁本は、ご面倒ですが小社読者係宛ご送付ください。送料小社負担にてお取替えいたします。

印刷・錦明印刷株式会社　製本・錦明印刷株式会社

ISBN978-4-10-113302-7 C0193